フランソワ・チェン

さまよう魂がめぐりあうとき

辻 由美訳

みすず書房

QUAND REVIENNENT LES ÂMES ERRANTES
and
LE DIALOGUE
Une passion pour la langue française

by

François Cheng

目次

さまよう魂がめぐりあうとき

ここに語る出来事は、紀元前三世紀半ば現実に起こったことである。

魂が遭遇したことはといえば、それは、他の次元、他の物語に由来する……

第一幕

合唱

この世では、この下界では、すべては盛衰し、すべては変転する。『易経』のおしえるところだ。古人は言っていた。「五十年一小変。五百年一大変」

古い秩序はついに瓦解し、長期にわたった周王朝は息絶えた。いまや、広大な中国の地は、敵対する無数の国に分裂している。「戦国」と呼ばれるのももっともだ。信義の規範はすでに用をなさず、蛮行がまかりとおっているではないか！　暴力、無法、横暴、不正がいたるところで横行する。勝利の欲望はとどまるところを知らず、強者は弱者を呑みつくす。戦いが火を噴くや、略奪や虐殺はありふれたものになる。

苦しむのは民《たみ》、苦しむのは貧しい人びと！　重税と賦役にあえぎ、ぎりぎりまで収奪され、ようやく生きのびている。ひとたび旱魃《かんばつ》や洪水がおこると、飢渇《きかつ》にうめく人びとが、荒廃した山野に群をなす。ぼろをまとい、目を血走らせ、わずかな食料とひきかえに我が子を売り、あげくのはて、野垂れ死にする。

不幸のなかでも生命《いのち》はつづく。それでも人間には猶予のときがあたえられている。こころの宝物はそこかしこに残されている。なかでも、変わらない友情、ゆるぎない愛。それを語ってくれるのは、わたしたちが心にとめた三人の人物。それぞれ異なる三人は出会うべくして出会った。三人は、ひとつの惨劇にひきずりこまれ、永遠にむすばれる。まず、そのひとり、女性の姿に目をむけよう。彼女の名は春娘《しゅんじょう》。

春に生まれたので、両親はふかく考えることなく、ごく自然に春妹《しゅんまい》と名づけた。二十二歳で宮廷に召されるまで、それが彼女の名だった。宮廷で過ごした歳月、春妃《しゅんひ》という尊称があたえられていた。王国が崩壊し、市井の女にもどると、年齢にふさわしい名、春娘になった。そして、この高齢にいたっても、そう呼ばれている。そんな話を聞けば、素朴で、穏やかな人生、いや特権的な人生さえおもいえがくかもしれない。しかし、それどころではない。かくまで波乱にみちた、劇的な人生はたやすく想像できるものではない。はやくも六歳にして遭遇した数々の過酷な試練、目の当たりにした幾多の残酷な惨事、たびかさなる離別で何度もおちいった失意のどん底。だがしかし、彼女にはえも言われぬ至福のときもあったことを、気高い熱情だけがもたらしうる至福のときがあったことを、どうして否定できようか。

ふたりの男が春娘の人生に入ってきた。この非凡な男たちは、歴史的出来事によって伝説の人物となった。彼らの勇猛果敢な行為と犠牲的精神は、人びとの心をふかく揺さぶった。彼らはまちがいなく、後世の人びとの想像の世界に生きつづけ、終止符が打たれることはないだろう。その証拠に、事件が起きてから三十年過ぎても、この辺境の村までやってきて、飽きもせずにことの経緯を話してほしいと春娘にせがむ人びとの足はとだえることがない。人びとは嘆息と感嘆の声をあいまあいまに発しながら、彼女の話にききいる。彼女はすべてを語りえただろうか。語りえたはずはない！　ふたりの英雄との表面的な関係を説明するのは難しくはなかったが、世の通念をこえた愛という際どい現実を、人びとに感じさせることがどうしてできるだろう。それを仄《ほの》めかすことさえ、女には許されていない。もっと打ち明けられないのは、このふたりの男が彼女のもとに戻ってきたという、途轍もない秘密だ。三十年間の彷徨のはて――この世では長大に感じられるが、あの世ではとるに足らない時間――、彼らの魂は彼女との再会をはたし、彼女のもとに戻ってきた。満月の夜になると、彼らの魂はここに、彼女のもとにいる。まず、ほとばしる言葉の波がぶつかりあい、少しすると、より秩序だったやりとりになるが、それはあくまでも激しく、あくまでも熱く燃えている。

この特別の恵みはどこから来るのか。あまりにも早く剣に散った閃光のような運命を憐れんだ天の意思なのか。さもなくば、彼女に対する天の慈しみのあかしなのか。彼女の心は蠟燭の炎、夜風にもけっして消えず、道に迷った旅人が帰り道を見つけるのに十分な明かりをあたえているのだから。はかりしれない謎！　地上におけるこの人間の生をだれが説明できるのか。これほどの憤激と苦しみから、なぜこれほどの情熱と優しさが生まれるのか。夢みたこと、生きたことを語ることこそ、人間にできるすべてではないか。切れ切れに断片的にではなく、おこったことのすべてを、その時間的な経過のなかで語ること。

今夜、ふたたび満月がやってきた。生きとし生けるものが眠りを忘れるほど美しい月。あの世の神々さえうっとりしている。三人は神々にいざなわれて言葉に身をゆだねる。情熱と行動の忘れがたい場面を語るとき、いま進行しつつあるかのように現在形で語るのだ。聞き手のわたしたちにもとめられるのは、彼らに付き添い、彼らがこの壮大な物語の舞台裏をくまなくおもいおこす助けになることだ。さあ、三人に言葉を託そう。三人がそれぞれどこからやって来て、どうして知り合ったのか語るのに耳を傾けよう。

春娘

わたしは春娘《しゅんじょう》。父母は貧しい農民で、わずかばかりの土地を耕していた。そこで収穫されたものが、小さな家族をかつかつで養っていた。物心がついたころの記憶は、それでも、歓喜の記憶だ。わたしの目の前に見えていたのは、果てしない緑の大地で、かすかな泥と苔《こけ》の香《か》を滲みだしていた。薄暗い家のなかで、毎朝、おんどりのけたたましい鳴き声に眠りから引きずりだされ、夜は、コオロギの声にゆすられて眠りに落ちた。日中、母が畑に出る際、わたしを背に負わないときは、自由気ままにさせてくれた。弟が生まれたのは、それから二年もたったあとだ。わたしの遊び相手は、鶏、犬、亀、蟹のような小動物、てんとう虫、青虫、ミミズといった虫たちだった。池のふちで、ハスの葉のうえを上下するトンボや、水に潜ったかとおもうまもなく魚をくわえて現れるカワセミが見せてくれる、たえまない乱舞にいつまでも見とれていた。あるとき、近所の人が、ぴんと立った耳と赤い目の、まるまるとしたウサギをくれたのも覚えている。ぴくぴくする白い毛は、おもわず愛撫したい気持ちをさそい、わたしの幼い心が知りうる愛情にめざめさせた。それからというもの、ウサギとわたしとのあいだには、何者も阻止できない一体感が生まれていた。

けれど、わたしの最初の悲しみのもとになったのも、この白ウサギだった。いや、その哀れな無垢《むく》のウサギではなく、ウサギを奪い去ったキツネだった。木製の小屋の外には、血の跡がどこまでも点々と続いていた。ウサギの消失に、わたしは悔やみきれない涙を流した。ちゃんと守ってあげられなかった後悔が、悲しみに加わった。そのとき、四歳になって間もないころだが、季節のめぐりの指揮のもと、一見調和がとれているように見えるこの世は、じつのところ、暴力と残虐に蝕まれていることに、わたしはやくも気づいていた。無垢は踏みにじられ、優しさは足げにされた。無法と不正義が生みだす粗暴な力だけが、わがもの顔をしていた。

それから二年もしないうちに不幸にみまわれた。緑の自然は干からびた黄色に変質した。雨の潤いを奪われ、日照りに打ちひしがれて、土地はひび割れた。旱魃が居座ると、あらがいがたく、恐るべき飢餓がやってきた。いたるところ、作物も家畜も命果てた。飢えと渇きにさいなまれて、わたしたち一家は、ほんの少しでも、野生の果実や、水たまりや、草や、虫を探しだすのがやっとだった。ある夜、おなかが膨れあがり、胸が骨と皮ばかりになった弟は、母の腕のなかで息をひきとった。翌日、その哀れな亡骸《なきがら》は敷布にくるまれて、埋葬された。仮借ない逃亡がはじまった。一家が抜け出した街道のあちこちに屍が横たわっていた。憔悴して一歩もあるけないわたしを、疲れはてた父と母が交代で背負わなければならなかった。わたしが無事に生きのびることを願って、わずかばかりのお金と引き換えに、宿屋をいとなむ夫妻にわたしを託した。そんなふうに、わたしはあっというまに他人の手に売り渡されてしまった。知らないおばさんの太い腕にがっちり押さえられたまま、去ってゆく父と母を見ながら――あの場面をどうして忘れることができるだろう――、わたしは四肢をもぎとられた獣のように泣き叫んだ。父と母は、振り返ることもできず、嗚咽《おえつ》しながら遠ざかっていった。わたしはありったけの力をふりしぼって両手を前に出し、何かにしがみつこうとした。からだの震えにゆさぶられて、気を失った。

意識をとりもどしたとき、そこは別世界だった。道ゆく旅人たちを泊める宿屋。馬のいななき、馬糞の臭い、馬具が鳴る音、男たちのしゃがれ声。何日ものあいだ、わたしは沈黙の壁に閉じこもっていた。わたしは、自分のことを何も知らず、知ろうともしない人たちのものになったんだ。この人たちは、ただわたしに命令するだけなんだ。夜、板の上で眠っていたとき、一度だけ、父と母にむかって自分の胸のうちを吐露したことがあった。苦しみや怖れを打ち明け、自分を買い戻しにきてくれるだろうという途方もない願いをいだいた。けれど、願いはかなわず、父も母も他の多くの人たちと同じように、きっと路傍で息絶えたのだろうと自分に言いきかせた。

わたしを買いうけて養女にした宿屋の夫妻、この人たちのことを父母と呼ぶしかなかった。けれど、「父ちゃん」、「母ちゃん」ではなく、「チチ」、「ハハ」と呼んだ。じつのところさほど悪い人たちではなく、わたしは少しずつなついていった。ふたりともがっちりした体格で、気性は荒っぽく、激しい仕事をこなしていた。起床は夜明け前、到着が遅れた運送人が馬と荷車の騒々しい物音をたててやってきたときなど、夜更けまで汗水を流すこともたびたびだった。子どもがいなかったので、必要に応じて、一人か二人の下働きに手伝わせていた。

しばらくすると、わたしたちもまた旱魃に荒らされたこの地を脱出しなければならなくなった。放浪の旅をかさねたあげく、燕《えん》王国の首都の南門近くの酒場宿に落ち着いた。きりがないほどの仕事があった。八、九歳の少女だったわたしに、容赦のない労働が課せられた。火をおこし、水を汲み、食器を洗い、部屋を掃除する。そうこうするうちに、酒場のほうのテーブルと椅子の整頓や、調理用具の準備が待っている。

十四歳のわたしを、父という名の男が陵辱するにおよんだ。何度にもわたった。恥辱、嫌悪感、動転、怒り、逃亡のくわだて。女主人は事態を知ると、この醜悪な行為をやめさせた。実際、宿屋のほんとうの主《ぬし》は彼女のほうだった。おどろいたことに、彼女はわたしに対して好意をしめした。まもなく、彼女がわたしを酒場の「切り札」とみなしていることがわかった。十六歳をむかえようとしていたとき、わたしは、しなやかな姿態《したい》とみめよい顔だちをした、ほとんど申し分のない娘に成長していた。「美女」と評する人たちもいた。否定しがたい現実があった。わたしが頻繁に酒場に出るようになるにつれ、客の入りがよくなっていった。旅人たちにせよ、なじみ客にせよ。そんな人たちのあいだを回りながら、危険に気づかずにいるほど、わたしは無知ではなかった。臭気を発散させる騒々しい客たちにはありとあらゆる人が交じっていて、荒くれやならず者もいれば、卑猥な冗談をなげつけて悪ふざけをする者もいた。わたしのことを「酒場の女」とみなして、露骨な態度をしめす者さえいた。わたしは声を荒らげず、だが、おもねりのない誇りをもって、ほどよい距離を保つことを知らねばならなかった。さいわい、他の人たちはたいてい礼儀をわきまえていた。家族とともに転任の途にある官職者たち、漫遊する裕福な農民たち、行商人や役夫《えきふ》やつつましい職人たち、医師や治療師たち、文人や芸術家たち。そのうちのひとりが、わたしを思いやって庇護者になってくれた。屠畜屋の韓《かん》は、午後になると、温厚にして威厳ある風貌で酒場の一角に陣取る。目をぐりぐりさせ太い声をあげるだけで、無作法なふるまいも、口論や乱闘になりかけた争いもピタリと止めてしまう。

ある日やってきた楽人、高漸離《こうぜんり》のことを話さずにいられようか。ぼさぼさの髭、みすぼらしい身なり、陰気な表情、人を寄せつけない風貌、まるで森の奥から出てきたイノシシだ。さっと不穏な空気が流れた。外見はあてにならない！　少しして、ごったがえす酒場の片隅で、男が楽器入れから筑《ちく》を取り出し、膝の上にのせて打ちはじめたとき、祭儀をとりおこなう巫者《ふしゃ》とも言うべき姿となった。酒場はいっきょに静まりかえった。「いったい誰だろう、どこから来たのだろう」、誰もがそう思った。わたしも同じで、魔術にかけられたような胸の高鳴りをおぼえた。激しく鳴り響いたかとおもえば、なごやかになり、そしてふいに遠ざかる。その音楽がみちびいてくれた感動と驚嘆の世界は、わたしには想像さえできなかったものだった。居合わせる人びとにもまして精神を集中させ、陶然としたその表情は、崇高そのもの、尊厳そのものを具現していた。いったい誰なのだろう。わたしたちになにかを呼びかけるために、別世界から来たのだろうか。でも、なんと身近に感じられる呼びかけだろう！　その音楽が語っているのは、じつのところ、窮乏や災難をこえたところで、この大地がうちに秘めている宝物なのだ。ふるさと、生まれ故郷！　彼が全身全霊をこめて奏でる音楽を聴いていると、幼いころとその世界がよみがえってくる思いがする。父や母や弟の顔、あのころ美しいと思ったもの、感動させてくれたもの、大人も子どもも、表現の手段をもたないまま、無言のうちに胸に秘めていたもの。

高漸離

わたしは高漸離《こうぜんり》。幼いころから、兄弟と一緒に父母の農作業を手伝っていた。両親は、わたしの野性的な性格が農作業には向いていないとみてとり、とうとう家畜の世話をまかされることになった。牛や羊を村から遠く離れたところまで連れてゆくのだが、期待以上の成果をあげて両親を驚かせた。家畜は、わたしが連れて帰ってくると、日に日に大きくなり肥えていった。ほかの農民たちの家畜もあずかり、わたしは村の牧童となった。

動物がゆうゆうと草を食《は》んでいるあいだ、怠りなく監視をつづけながらも、わたしは自然の発見にのりだし、自然はわたしの住処、わたしの避難所になった。狩と採集の本能に駆りたてられて、鬱蒼とした茂みや、隠れた深みに分け入った。いろいろなたぐいの表皮や毛並みにさわっているうちに、わたしの触感はとぎすまされた。季節がたえまなく変えてゆく色彩と香りに酔いしれた。名も知らない果実を、毒があるかもしれなくても……かたっぷしから賞味した。一段一段とのぼってゆき、知識の深みへと分け入った。キジバトやカッコウが春の到来をつげると、地下の龍がゆっさゆっさと体を揺らすのを感じとった。そのうなり声を聞きとり、わたしの血は、龍の血流にたぎるありとあらゆる源泉と一体化して躍動した。自分が森の精や水流の精と共鳴しているのを感じとった。自分のなかで老木の根が苦しげにきしむ音がおこり、それに混じってスミレやクロッカスが若い歓声をあげていた。わたしの身体は、まぎれもなく、自然の広大な歌声が響く器《うつわ》となった。雄大にして微細な歌声。もちろん、嵐の前にとどろく雷鳴や、どっと崩れ落ちる岩石のすさまじい音や、さっそうと飛び立つ野鴨の叫びがあった。松の針葉をふるわせる微風、苔のうえをそっと通りぬける雌鹿、そんな小さなさざめきもまた、どれほどわたしの耳に強く響いたことか。わたしの聴覚はとぎすまされ、いろいろな鳥の鳴き声が聞き分けられるようになった。陽気で嬉々とした声を発する鳥がいるいっぽう、夜鳥の鳴き声は悲痛で、厳粛なおののきにみちているようだった。そうしたものをとおして、生きもののなかでも特に弱いものに限りない親しみを覚えた。だいいち、そのおかげで、できるかぎり残酷な行為を避けながら狩をするようになった。

　ある日の夕方、家畜の群を連れて帰る途中、村の真ん中の、槐《えんじゅ》の木陰に、ひとりの老人が座っているのが目にとまった。髪の毛はまばらだが、威風堂々としている。年端もいかない少年が老人のまわりをせわしく動きまわっていた。小さな包みを地面に置くと、長い杖を木に立てかけ、虫食いだらけの木箱を注意ぶかく開けた。そこから何かの楽器を取り出して、老人の膝のうえに縦にしてのせた。老人は盲目であることが見てとれた。

一度も見たことのない、十三弦の楽器だった。奏者は楽器をしっかりと胸にあてた。目がくらむほどのすばやい動きでもって、弦をうち、つまみ、こすり、なでまわした。彼が発する音はおどろくほど変化に富んでいた。強く響き、低くうなり、そっとささやき、悲しげにうめく。それが筑《ちく》と呼ばれる楽器であることはのちに知る。

いまや、集まってきた村人たちは、魅惑の音楽会に居合わせることになった。あいまに入る声、歌、「ハイ、ハイ」という掛け声が弦さばきの拍子をとり、魂をゆさぶる旋律が全体をつつみこんでいた。音楽はときに激しく、ときに優しくなりわたって、空間をつきぬけ、聴く者の体も心も、想像を超えた世界へといざなう。音がやんだとき、一瞬シーンとしたままで、それから「好《ハオ》、好《ハオ》」の大歓声があがった。わたしは、見たところいかにも素朴なその楽器の魔力にすっかり心を奪われてしまった。この楽器の言葉をもってすれば、自分のなかでうごめいているものがぜんぶ表現できる、とっさにそう感じた。

少年が所持品をまとめ、この気高い老人の肩に箱をのせてあげようとしていたとき、わたしは老人の前に進みでて、言った。「わたしにどうか箱を持たせてください。ついてまいります！」

村人たちの驚きと、牧童を失う落胆は容易に想像できるだろう。なにものも、父の命令や母の涙さえも、わたしを思いとどまらせることはできなかった。運命がその神託をつげるとき、人間はしたがうしかないのだ。わたしは旅立った。

十二年後に師が逝去するまで、わたしは師にしたがった。放浪と耐久の旅だった。仲間や聴衆たちと分かちあった、忘れがたい陶酔の日々でもあった。師のかたわらで教わったのは、たんなる技《わざ》ではなかった。生命《いのち》とは何かを知ること、あらゆる醜さ、低劣さを凌駕する魂の目覚めだった。音楽とは、師にとって、気晴らしなどというものではなく、自然の隠れた美を人間にあかして、人間を高みにみちびくものだった。それとともに、音楽は人間の苦悩や恐怖や郷愁をうけとめる。そうしたものを尽きることのない渇望へとかえてゆくのだ。

わたしは筑の奏者となった。村から村へ、町から町へとわたりあるいた。感動の瞬間と孤独の時間とをちりばめた長い道程。当然ながら、ある日、首都にたどり着いた。喉の渇きにいざなわれ、偶然この酒場に入ったのだった。雷光に打たれたように、わたしはその場に釘付けになった。宿なしのわたしが、ふいに停泊地にたどりついたという感覚にとらわれた。昼下がりだった。客はひとりも見あたらなかった。ひっそりとした陰のなかで、ひとりの若い女が驚いたような瞳でじっとこちらを見つめていた。感謝の涙をさそわずにはおかぬほど、心をゆさぶる優雅な微笑をわたしに向けていた。わたしは息をのんで、芸術家の天才の一筆になる、再現不可能なほど完璧なたまご型をした、そのかがやくような顔を凝視した。彼女のすべてが唯一だった。堕落しきった世の中に、これほどの美が存在していて、偶然が旅の途上でわたしと会わせてくれた、この世で！

とっぴょうしもない夢などではない！　わたしはずんぐりしていて、髭も髪もぼさぼさな武骨者で、右頰に角《つの》で刺された傷跡があり、女性を惹きつけるようなものはもちあわせていなかった。嫌われないのが関の山だ。けれど、身体的調和が魂の調和とかさなりあう真の女性美を信奉していた。わたしの目には、それは地上のなせるわざではなく、天の贈り物だった。この贈り物が本物ならば、女性は、男性が到達しうる最大の高みまで達する確実な道をさししめす。

実生活では、わたしの体験は嘆かわしいほど凡庸だった。気まぐれな女や娼婦との軽薄な関係をどれほどかさねたか！　ほんとうのことを言ってしまうと、牧童だったころ、熱にうかされ、欲求におぼれて、獣との行為にはしったこともあった。満たされないおもいと嫌悪感、わたしの生活はこの点では、この酒場にやってくるまでは虚しい探求にすぎなかった。

春娘《しゅんじょう》は？　これまでとは似ても似つかない。血のたぎりも欲求も感じたが、ただ無言で感嘆したかった、静かにあがめたかった。わたしはその宿に逗留した。宿をいとなむ夫妻は、わたしの音楽の演奏を歓迎してくれた。屠畜屋の韓をはじめとする常連たちの何人かと親交をむすんだ。勇者荊軻《けいか》があらわれるまで、そんな日々がつづいた。荊軻の出現はわたしの運命を変えた。すべてを運命に変えた。

荊軻

わたしは荊軻《けいか》。母親を亡くし、斉《せい》国の出身で魏《ぎ》の軍政に携わる父親に育てられた。常人より背丈があり、抜きんでた体力で幅をきかせていた。むら気で、剣術にたけ、活躍の欲求にまかせて行動していた。大勢の職業的剣客、いわば私兵が、雇ってくれる領主を求めて諸国を渡りあるいていたが、わたしはそのひとりになった。ただ他の人たちとは一線を画していた。正義に反することには我慢できず、弱者の側にたっていた。義侠の士？　否定はしない。

暴力と専横がいたるところで跋扈《ばっこ》しはじめていた。暴君が、大物も小物も、ようようとしていた。すべきことはいくらでもあった。不正に奪い取った富を掌中にした権力者たちに対する攻撃にくわわり、殺害さえいとわなかった。そして奪い返した富を貧民に分けあたえ、若干の金貨や銀貨を自分自身の生活のために手元においた。自慢になる話ではないが。

わたしの振る舞いはしだいに傍若無人になり、荒々しくなっていった。他人にも、自分にも荒々しく。襲撃のたびに、仲間たちと乱暴な言葉をぶつけ合い、野卑な冗談をかわして、気晴らしをしたものだった。傷を負うはめにおちいると、イカ墨粉末を塗って止血し、痛みを忘れるために強い酒に酔った。二度ほど、逮捕され、拷問をうけたことがあったが、それでも逃亡に成功した。いくつもの国や領土がひしめき合う時代は、国外に脱出し、氏名や身元を変えて、追っ手から逃れるのに好都合だった。

精神の安らぎを得るときがようやくやってきた。その場かぎりの正義漢であることに、もう飽き飽きしていた。わたしは山奥に分け入った。そこでは、孤独な内省をくぐり抜ければ、真の武術の師や、人生そのものの師に出会えることは、ほぼまちがいなかった。そうした賢者たちのもとで、わたしは思索をふかめ、とぎすますことを学んだ。わたしという人間をもっと清く用いること、もっと距離をおいて世の中の出来事を見つめることを学んだ。とはいっても、憤激の感情が消え去ったわけではなく、ただそこに、ものごとの虚しさという強い感覚と、「憐憫」という名のほのかな感情がくわわったのだった。

ふたたび旅に出た。道づれを得ることに喜びをおぼえた。ほかの渡り者、反逆者、風来坊たちとともに、わたしは足のむくまま放浪した。歩きながら、あるいは休憩の折に、酒に酔い、歌をうたい、世直しを弁じあった。ほかの根無し草たちと同じように、わたしは住処をもたず、孤独の奥底に落ちこんだこともあった。太陽が雲をしたがえて地平線にしずんでゆき、鳥が巣へと急ぐとき、わたしは幾度となく未開の地でひとりぼっちだった。垢にまみれた凍える野良犬のように、わたしはうなり声をあげて、恐怖心を追い払い、野獣を遠ざけた。ゆく道の果て、奥地の村の住民たちが門を開けてくれれば、もうそれだけでよかった。明かりを煌々とともした宿屋が手を差しのべてくれることさえあった。酒杯をかわす音や笑い声のなかで、わたしはたちまちにして何もかも忘れてしまうのだった。燻製の肉や野菜の漬物をほおばると、祭りの気分になった。

わたしは燕《えん》国に入り、突端が大海に面する、厳しい自然の北東の地を発見した。人びとは活力があり、働き者で、生活習慣は素朴にして健全だった。王は、すでに年老いて、気楽に暮らしていた。国の状況は危ういものになりつつあった。それでもまだ平和が支配していた。

首都に到着し、たまたまこの酒場に立ち寄ったのだったが、ふいに、自分の長い放浪が終わりを告げようとしていることを知った。ひとりの楽人が筑を打ち鳴らしている。テーブルのまわりに座っている人たちは、自分たちの頭上で心地よく振動している空気を乱したくないかのように、静かに耳をかたむけている。扉のわきで、夢か魔術か賛歌かとまごう不思議な音楽のとりこになり、身動きもせずに立ちつくす。かぎりなく地上の歌でありながら、天の彼方の響きを発している、とでも言おうか。演奏が終わると、つぎの曲にかかる前に、楽人はなみなみとつがれた酒杯を手にする。顔をあげたとき、その目がわたしの目と合い、わたしたちは微笑みをかわした。お座りください、手振りでそうすすめると、わたしのところに酒をはこぶよう合図した。周囲の人びとが小声で口にする高漸離《こうぜんり》というその名が、頭蓋に一撃をうけたようにガーンとひびく。はげしく心が揺さぶられるのを感じる。

碗《わん》と酒瓶と皿を盆にのせてもってきた春娘の出現に、ふたたび衝撃をうける。彼女の手にあると、食器のカチャカチャする音も、錫《すず》の色もふいに華やぎ、わたしは彼女の顔に目を見張り、われを忘れる。「この老いた大地が、まだこんな優美な花を咲かせることができるのか！」、人びとのざわめきの中でわたしは大胆にもそう叫んだ。

いわゆる男の気をそそる妖艶な女のたぐいではない。そうした女たちとは接したことがあり、ときには、接したという以上で、知りすぎるほど知っていた。白粉や紅をぬり、片時も鏡を手放さず、美貌を武器にし、愛嬌をふりまく貴婦人や、ピンからキリまでの妓女たち。春娘はまったく違っていた。隠れた密やかな、いってみれば真髄にふれる美しさ。どんな形容詞をも無用のものにしてしまう美しさ。「なんという美しさ！」、「ああ美しい！」、そんな嘆声しか出てこない。くっきりした輪郭、品のよい姿勢、天性のものと言える、調和のとれた所作。打算とはまるで無縁なのだろう、自分の切り札を利用しようともしない。憂いがただようその瞳は、逆に、苦悩の体験をうかがわせる。彼女の存在そのものが、さもしい欲得や、見苦しい技巧を捨てさせてしまう。彼女を愛そうとすれば、誰もが謙虚で真摯にならざるをえない。

宿なし、ここに投宿しても、なおそれがわたしの真実か？　わたしの宿、それは高漸離、それは春娘。彼らがどこにいようと、そこがわたしの居場所だ。

春娘

ひとりの女にどこまで耐えようというのか？　なにを望むことができるのか？　この地上で生きた二十数年で、引き裂かれ翻弄されて、すでに最悪も最良も知ってしまったのだろうか。最悪は、わたしの体に消しがたい跡をのこしたので、なにひとつ忘れていない。街道を遠ざかってゆく両親から切り離され、六歳のわたしの体は引き裂かれた。わたしを支配する男に深部までもてあそばれ、少女のわたしの体は蝕まれた。若い娘のわたしの体は、重々しい悲しみを背負い、夏も冬も汗水流してはたらき、男たちの野卑な視線と言動にさらされた。

こみあげてくる嗚咽をどれほど押し殺し、どれほどの涙を呑みこんだことか。天は自分を見捨てたとおもっていた。だが、いまや、ふたりの男がつづけざまにわたしの人生に入りこんできた。深い谷間からやってきた詩人は、大地の歌を魂に刻みこみ、天上の響きを聞かせてくれる。よその地からやってきた剣客は、人間たちの戦いに身を投じ、酒をあおると龍の洞穴から出てきて、太陽のきらめきを周囲にまきちらす。つまるところ、いっぽうは、どちらかといえば陰《イン》、もういっぽうははっきり陽《ヤン》であり、このふたりが、わたしの感受性の両面を満たしてくれる。

わたしはほとんど教育を受けなかった女だが、見ることを知っている、感じることを知っている、価値を見きわめることを知っている。嫌悪感に苛《さいな》まれて、わたしは崇高で持続的な人間関係を夢みていた。それがいまここにある！　雨と植物のように、生命《いのち》をはぐくむ友情が。月に引かれる潮のようにあふれる愛が。三人がかたちづくる奇異な絆。奇異にして、明白でゆるぎない絆！　そこでは、あけっぴろげな友情と言葉にできない愛とが、キラキラしたすばらしい均衡をなしていて、それを破ることを誰も望んでいない。この暗黙の合意の力強さをわたしは実感していた。どれほどの悦びをもたらしたことか。それにより、大地はふたたびやさしい住処となり、季節のめぐりは熱気にかきたてられる推移となった。生命が母なる腕をわたしに向かってひろげているのか、それとも、わたしが信頼を込めて、生命に腕を差しのべているのか。

二輪馬車に乗って街から遠く離れたところまででかけていく。水源まで川をさかのぼるのは楽しい。そこでは森がわたしたちを迎え入れてくれる。馬を木に繋いでおき、こんもりとした木立から漏れてくる熱い光のなかで、わたしたちは時を忘れる。漸離《ぜんり》は、なじみ深いものをあちこちに見いだす。自然のあらゆるさざめき、植物や動物の色やにおいについて、わたしたちに手ほどきをしてくれる。曲想がひらめき、ささやきながら渦をまく長いメロディーを即興で演じる。わたしたちは感謝のおもいとともに、陶酔へといざなわれる。森そのものが瞑想しているようだ。静まりかえり、全身を耳にしている。ただ、木の葉や小枝のひそひそ話がいっこうに止まず、いらいらしたカラスが一喝して黙らせ、そのあとは、小動物がキッキッと鳴く声が、押し殺した笑いのように聞こえるだけだ。しばらくして、荊軻《けいか》が立ち上がる。ゆっくりと剣舞を舞う。その歩調、その身ぶりは、漸離が発した魅惑的なリズムを引き継いでゆく。

ふたりの友はときおり冒険談をしてくれる。一度も旅したことのないわたしは、宿屋の客たちが交わす話の断片をとおしてしか外の世界を知らなかった。だから、ふたりの冒険話に夢中で聞き入り、感受性をゆさぶられ、想像力を燃えあがらせる。

これほどの分かち合いは、ほんとうにこの世のものなのだろうか。

高漸離

わたしたちはそれぞれ人生の過酷な試練をくぐりぬけてきた。三人がともにあって、おだやかな喜悦にたどりついた。こんな状態がほんとうにこの世のものなのか。春娘と同じように、わたしにはこれが長続きするとは思えなかった。その危惧は、悲しいかな、あたっていた。ある朝、彼女はわれわれから奪い去られた。

もっと早くおこらなかったことが不思議なくらいだ。いかに目立たないとはいえ、春娘の美貌がいつまでも知られずにいるはずはなかった。金持ちや権力者たちの欲望をかきたてずにはおかなかった。ここでもまた、女は、臆面もない男の貪欲の犠牲者なのだ。老いた王の側女《そばめ》を見つけ出す任務をおう宮廷の役人の目にとまって、春娘は、有無をいわせぬ段取りを経て、連れ去られた。ある人たちの目には、格別の名誉。われわれには、許し難い非道な仕打ちだ。荊軻は行動に出たかったことだろう。けれど、やりそこねて、自分たちにとってかけがえのない命を危機にさらすことがどうしてできるだろう。

出立につきまとう儀式に阻まれて、まともに別れの挨拶さえすることができなかった。彼女は飾りたてられ、豪華な重々しい衣装を着せられ、通俗的でけたたましい楽団の演奏とともに駕籠に乗せられ、その采配をふるう使者たちは、こっけいなまでに格式ばっていた。宿屋の主人はうまく負目をのがれた。その名にあたいしないこの「父親」は、「養女」の前にひれ伏し、地面に額をこすりつけて情けを請うた。

春娘が突如として目の前から消えたことで、われわれはそれまであじわったことのない苦悩のなかに投げ込まれた。抵抗のすべもなく、ふいに打ちのめされ、精髄を空っぽにされていた。それまでの人生の行程では、われら男は、歯を食いしばり足をふんばって殴打をうけとめ、涙を見せることも、たじろぐこともなかった。こんどばかりは、思いもよらないところに一撃をくらった。命中したのは、きっと心臓の枢要なのだろう。昼も夜もひとときも休まず、血を抜き取らない限り人間の身体に休息のときはないかのように、絶えず血を流しつづけるこの心臓。口に出しては言わなかったが、われわれは知っていた、自分たちを襲ったのが失恋の悲しみにほかならないことを。日常生活に見られる無数のこまごましたことが愛する人を思いおこさせ、われわれを悲嘆に投げこむ。椀や皿をテーブルにならべたり、片づけたりする音、窓から流れてくる梅花の香り、彼女が置いていった薄緑のまえかけ……。彼女の視線や微笑み、その声のひびきや身体の脈動、われわれを包みこみ満たしていた親密でなじみ深い、だが、いまや遠く接近しがたいあの夢幻のかがやき。そうしたものへの思慕がわれわれを苦しめる。

われわれがおくってきた厳しい生活のなかでは、「失恋の悲しみ」は放逐された言葉だった。それは「女々しい軟弱」を意味するものだった。大切にされていたのは、男同士の友情、豪快な笑い、熱い溶岩のように臓腑にしみる酒。なのに、郷愁が心のいちばん深いところまでぐいぐい食いこんできて、なすすべがないのだ。それは避けて通れないものなのか。女性的なものにみちびかれる道は、見下されてきたが、崇高な道でありうるのではないか。

わたしの耳に、古代からの妙《たえ》なる歌が聞こえはじめた、ほんとうに聞こえはじめた。控えめな『詩経』の歌、熱気がただよう屈原《くつげん》の歌。歓びの歌も悲しみの歌も、すべてがひとつになる。わたしもまた、自分なりのささやかな仕方で、惹きつけ惹きつけられる魂の銀河の明かりをともし続ける詩人たちの群に入ってゆく。

わたしの音楽は、いまや、魂の響きに近くなってきた。たぶん、ずっと以前からそうだったのだろうが、とはいえ、わたしにとっては、衝撃的な発見だった。本物の歌とは、知性にみちびかれるものではなく、魂から湧きあがってくるものだ。芸術家にとってもっとも大切なことは、いまやわたしはそう確信しているが、宇宙の隠れた魂と実際に共鳴し合っている、自分のなかに潜む魂のひびきを聞きとり、そして、人びとに聞かせることなのだ。わたしがこれまで奏でてきた音楽できわだっていたのは熱気と高揚感だったことは認めざるをえないだろう。演奏を終えると、荊軻、屠畜屋の韓、そしてほかの何人かが近寄ってきた。わたしの音楽が、不公正に悲劇的に推移する人間の歴史に対する憤激の感情を表現しえたことに、だれもが慰めをえた。われわれは涙を流しながら歌をうたい、感動を持続させるために酒をあおる。わたしの音楽のもうひとつの側面、情感と憐憫の単調な旋律がゆきかう領域のほうは、張り詰めた空気がみなぎっているときには、もちろん、その要素もとりこむすべを心得ていた。それはほどよい感情移入だった。真に傷ついた心からくる音調がそこにはなかった。

打ちひしがれて、荊軻もわたしも、こだまと沈黙があふれる内的世界に入ってゆく。そこに満ちている、癒えない悲しみをささやく歌だけが、ふしぎにも、わずかばかりの慰めをあたえてくれる。ふたりの友情は、純化され、さらに深まる。無条件で無制限の絆のなかで醸成された対話によって達した高みは、利害も手加減もおもねりもないだけに、ほんとうに真摯で清廉なものだ。

第二幕

合唱

気高い友情、気高い愛。その両方を同時に知る者はしあわせだ。愛は惜しみなく自己をあたえ、惜しみなく賛美する気持ちをおしえてくれる。友情がもたらすのは、限りない敬意をこめながら心をひらいて対話すること、そして、所有とは無縁の限りない愛着。真の友情と真の愛、両者は互いにささえ、輝きをあたえ、高め合い、共有する高揚でもって恋する人たちを純化する。奇跡の瞬間。奇跡的すぎて、いつまでもそこには安住できない。いたるところに潜んでいるのは、数々の外部の障害だ。そのひとつが、ちょうどよい時にやってきて、前進をくいとめる。

けれど、高邁《こうまい》な精神の持ち主は屈しない。彼らは不在を存在に変えてしまう。抑圧の力は身体に対して権限を行使するが、何者も魂を封じ込めることも、引き離すこともできない。強靭な魂に見られるのはまさしくこれではないか。不在が長びけば長びくほど、待ちわびつつも願望は激しさを増すのだ。わずかな再会のときが訪れただけで、恋い焦がれる心はあらがいがたく燃えあがる。

愛の熱望、友情の熱望。けれど、同じくらいしぶとい熱望はほかにもあり、それは人間にとりついたら最後、もう放してはくれない。富への熱望、権力への熱望、所有と支配への熱望。これらがひきおこす惨劇は、血の文字で綴られる。よくみてみよう。権力者はどんなふうに振る舞うか。虐げられた人びとはどんなふうに抗するのか。運命が攻撃をしかけてきたら、だれでも振り払わずにはいられない。めいめいがそれぞれの仕方で、それぞれの力量で抵抗する。

いまや、一国の歴史が、個々人の人生と絡まりあう。一国の歴史は人びとをまきこみ、偉人をも庶民をも、逃げ場の無い将棋盤におかれた駒のように動かすのだ。そのあおりを受けない人はだれもいないし、その爪からのがれる人はなおさらいない。目下、目が離せないのは、ふたりの立役者、秦《しん》の政《せい》王と燕《えん》の太子丹《たん》とのあいだの対決が激化し、加速されている舞台の前面。周王朝が崩壊してから、中国全土は無数の小国や領地に分裂した。たえまない戦乱と併合がくり返されたあげく、七雄がのこった。どの国も隣国を警戒し、だれもが戦闘体勢をとり、張りつめた緊迫感のなかにある。たいていの国には、しかしながら、国の存続という以上の願望はなかった。例外的に、とてつもない野心に駆られて、他国を征服しつづけずにはいられない国があった。

楚《そ》は、揚子江の南を占め、もっとも広大で豊かな国だ。覇者になりうる潜在力があり、盟主の名のりをあげてもよかったはずだ。だが、最大の脅威は、西北部を占める秦王国であり、意外なことに、自然の恵みがもっとも乏しい。豪腕の若い君主に率いられるこの国が有する勇猛な兵は、すべての人びとを震撼させる。野望に燃える不敵な政王は、その残忍で非道な性格でも知られている。よく虎になぞらえられた。武力と策略とでもって、すでに政王は隣国の魏《ぎ》と韓《かん》を掌中にした。政王の影は趙《ちょう》に達しようとしていた。血みどろの戦いと容赦ない殺戮をつげるものなので、巨大な恐怖の暗雲をひきおこす影。

趙を併合してしまえば、勝ち誇る王が燕に攻め込んでくるのを、だれが阻止できるだろう。老いた父の王位を継ぐことになっている太子丹が焦慮するのも当然だ。丹は幼少のころ政とともに「人質」として趙国におくりこまれていたが、当時、すでに暴君の素質が芽生えていた政を見て知っていた！　太子を人質として隣国におくることは、攻撃を抑止する保障だった。趙は、西の秦、東の燕に挟まれていて、将来のふたりの主役の出会いの場となった。不安定な国外生活のなかで、ふたりは退屈な時間を分かち合った。両者の相違は歴然としていた。太子丹はあまり体格がよくなかったが、協調的な外見のもとに、道徳的原則をつらぬく精神を秘めていた。幾度となく辛酸をなめてきたため、父を継いだあかつきには、民《たみ》の境遇を改善しようという構想をあたためていた。政はまったく正反対だった。とてつもない健康にめぐまれ、荒々しく血気盛んで、狩と美食を好み、むさぼるように人生を謳歌していた。「虎」、「豹」の異名をとったほどだ。抜け目なく、自分に有利な状況をつくりだすために策略をめぐらすすべを心得ていた。男の子たちの遊びでは、大声で笑いながら、股のあいだに仲間をひざまずかせて両足で締めつけるのを、無類の喜びとした。不幸にして、のちに太子丹は、こんどは秦国の人質としておくられることになるのだが、それは政が若くして王位についた時期だった。囚われの身となって、「敵兄弟」の無慈悲な残酷さにいっそう耐えなければならなかった。

そんなわけで、秦の脅威がひしひしと感じられるなか、政王の激怒を買う事件が起きた。秦の将軍樊於期《はんおき》が王の専断的な命令に従うことを拒否したため、死刑を宣告された。樊於期は国から国へと逃げまわったが、どこの国も彼を受けいれるだけの気概はなかった。燕に辿りつき、避難所をえた。太子丹は彼を知っていて、高くかっていたので、自国に匿《かくま》った。この寛容にして危険な行為の後、将来の君主は当然ながら不安感に苛まれ、太傅《たいふ》の鞠《きく》武《ぶ》に助言をもとめた。鞠武は国を豊かにし兵力を増強するための野心的な再建計画を提案した。太子は答える。「まさしくわたしの意図するところだ。だが、いまは緊急事態にある。必要なのは即効性のある策だ」

そこで太子丹が訪ねたのは、その知性と道義心ゆえにだれからも敬われている有力者田《でん》光《こう》だった。太子は現状を打ち明け、秦王その人を刃にかける手段をぜひ見つけださなければならないと説いた。田光はちょっとのあいだ考え込んだが、こう進言した。「太子さま、老いさらばえた私にはそのような策に応じることはできかねます。荊軻ならきっとお役に立つでしょう。文武両道に秀でた、傑出した人物です。南門の宿屋に逗留しております。お時間をいただければ、会って、太子さまの招請をお伝えします」

別れぎわに、太子はここでの話はけっして他言しないようにと念をおした。生死にかかわる大事なのだから。かなしいかな、この指示は、太子が田光に対して全幅の信頼をおいていないことをうかがわせるもので、よけいなひとことだった。それは誇りたかい男の名誉を傷つけた。それでも田光は微笑みをうかべた。太子を安心させるために頷いてみせた。

荊軻

田光先生はわたしを居宅にまねき、太子丹との会見について語り、太子がわたしと会うことを望んでいると伝えた。最後につけくわえた。「他言せぬように、太子さまは別れぎわにそう念をおさずにはおられませんでした。つまり、この私が全幅の信頼に値するとはみなされなかった」。言いおわると、田光先生は落ち着き払って、わたしの目の前でみずから喉をかき切った。ああ、その行為によって、先生が太子の不安を一掃したことはまちがいない！　信義の伝統は永遠であることも、わたしに示したかったのだろうか。

驚愕が過ぎさると、わたしは宮廷に赴き、ただちに謁見室に通される。わたしが来たのを見るやいなや、太子丹は玉座からおりて、深々と挨拶する。わたしは田光先生の死を伝える。自責の念にかられ、若き主君は泣き崩れる。ついで、気持ちを落ち着ける。ふたたび国の実情を説明してから、胸中を明かしたが、その考えが太子にすっかりとりついていることは容易に見てとれる。いかにすれば秦の政王のすぐそばまで接近できるか、そして対面がかなったら、生け捕りにする余地を残しながらも、いかにして王の命を奪うことができるか。ずばり、「暗殺」という言葉が発せられたのだ。さらに太子はその説明をすすめる。「独裁者が〝無力になれば〟、秦国は大混乱におちいる。わたしは人質として暮らしたことがあるので、よく知っている。対抗する無数の勢力が容赦なく権力争いにはしるだろう……」

それはすべて、わたしに向かって発せられている言葉だ。太子は自国の運命をわたしの肩に負わせ、要するに究極の自己犠牲をわたしに求めている。謁見室の薄暗い静寂のなかで向き合ったまま、わたしたちはじっとしている。田光先生が居合わせて助言をあたえてくれたら、どんなによかったことか！　考えさせてください、ついにわたしはそう言う。

わたしは孤独にうちしずみ、自室にひきこもる。事態を見きわめようとする。けれど、そんなに考える必要がどこにあるのか。この習慣こそ、ここのところ、わたしの天性のいさぎよさを鈍らせてきたのではないか。かつては、どんな危険をおかしても、あらゆる挑戦を真っ向から受け、まっしぐらに突進した。なに卑劣なやつだと？　やっちまおう！　短剣の刃が空を切る。死ね！　肉は引き裂かれ、臓腑が飛び散る……。むかしのあの鉄のような頑強さは、わたしのなかにまだ残っているのか。わたしが軟弱になったのは思索のせいばかりではないことはわかっている。この間、わたしは憤激とは別の感情を知った。心を高める友情、ひとりの女に対する言葉にならない愛。それは捨てがたい感情であるだけでなく、生きていることの証《あかし》だ！　だからといって、考えずにすまされるだろうか。わたしの人生のこの瞬間に、新たな挑戦がつきつけられた。受けて立つべきか？　まったくもって常軌を逸した、人間わざとは言いがたいことが要求されている。虎の巣窟にでかけてゆき、その中央に君臨する虎の王者に立ち向かう！　猪突猛進だけではだめだ。勇敢にして思慮深く、狡猾にして清廉でなければならない。最後は、まちがいなく死ぬ、過酷な死……。わたしにせよというのか。わたしが地上に生を受けたのは、そのためなのか。

自分の深いところで、「受けようじゃないか！」そう言っている自分自身の声を、おののきながら聞いている。自分の深いところで知っている。世の中を闇で覆っている権力者たちのあくどさ、その傲慢や非道や無差別の暴力に対する怒りを、ずっと前からおしころしてきたことを。あの独裁者のなかの独裁者の軍門に下った国々を旅したことがあり、過酷な抑圧に押しつぶされ、地を這う奴隷と化した人びとを見てきた。燕国にやってきて、自由で誇り高いこの北国の人びとを愛することを知った。彼らは蛮人たちと対峙している。戦わずして屈服することはないだろう。高い代償を支払わされるだろう。もしかしたら、わたしの自己犠牲が、人びとを救う役に立つかもしれない。それが、わたしの心を占める人たち、友、高漸離《こうぜんり》と、愛する人、春娘を救うことにつながるのではないか。

おまえは正義漢として人の命を奪ってきたが、それはいつも正義にかなった行為だったのか。さあ、考えてみろ。いつまでも自分自身の死から逃げる気か、死をかわす気か。おまえの任務をまっとうする時が来たのではないか。この挑戦を受けとめるために、おまえはこの世に生まれてきたのかもしれない！　為すべきことを為すのが、おまえではないのか。

高漸離

その日、荊軻《けいか》は一緒に森に行こうと言った。馬ででかける。途中、彼はギャロップで疾駆しはじめる。わたしは後にしたがう。風が耳もとでヒューッとうなる。馬の蹄が地面を打ち、舞い上がる砂埃と落ち葉が長い尾をひく。馬で駆ける味わいは格別だ、ふいにむかしの、牧人だったころの衝動が、胸中にわきあがってくる。と同時に、友がなにかの一大事をかかえこんでいるのが伝わってくる。

森にわけいると、彼は岩に背をもたせ、わたしは樹木に寄りかかる。直感はあたっていた。ゆっくりと重々しく彼はことの次第を語る。ガーンと一発喰らい、衝撃で体がこわばり、言葉を失って、茫然自失した。われわれはしばらくそのままでいた。どのくらいの時間が過ぎただろうか。森が永遠の音楽をかすかに奏でているあいだにも、かぼそい生き物たち——花びらのふちのあのスズメバチや、地衣類のうえを這うあの蟻——は嵐の接近を予感して、寄り添い、動きを止める。この瞬間、自分たちがまだ生命の世界にいることにおどろいているのか……。

沈黙を破り、荊軻はわたしの助言を求め、意見を聞く。それは表向きのことだろう、心はもう決まっているのだろう、そんな感じがする。彼がその決意をつげるのを、わたしは待つ、そして頷く。いたわりの言葉はかけようにもかけられない、わたし自身が打ちひしがれているのだから。正当性を論じることはいくらでもできるし、死の試練がこんなに早くやってきたことを嘆くこともできる。けれどいまは、めいめいが自分の真実と向き合わなければならないときなのだ。なにか言わなければならなかったからか、それとも、自分のなかにしっかりと根をおろした確信につきうごかされたのか。わたしの歌はどんな限界をもこえてゆき、冥府にまで達するだろう、わたしはきっぱりそう言い切った。肉体は離ればなれになっても、永遠に、魂は結ばれるだろう。

荊軻は魂というものを信じているのだろうか？　こんどは彼のほうが、無言で頷く。

荊軻

太子丹《たん》に、秦に行くことに同意する旨つたえる。

けれど、どのようにして？　猜疑心の強いことで知られる秦王のすぐそばに寄るための確実な方策をたてなければならない。匕首《あいくち》を隠し持つにはどうすればよいか、これが最大の難題だ。監視の目が光っていることはまちがいなく、謁見の前に徹底的に調べられるだろう。

考えに考え抜いてねりあげた策は、和平の意思の担保として、そして貢物として、国境の十五の都市を秦に献上するというものだ。謁見の際、燕の使者は――わたしのことだが――その十五の都市が詳細にしるされている地図を秦王に見せる。きちんと巻かれたその地図のなかに、わたしが必要とする匕首を隠しておく。

懸念される問題がひとつある。秦王が樊於期《はんおき》将軍の件をもちだしたら、どう答えればよいか。きっともちだすだろう。執念深い暴君は狙ったものをけっして逃さない。かくして、暗殺計画にまだとりかからないうちに、二人目の男がみずから命を絶つことになる。正義の神は生贄《いけにえ》を要求しているというのか！　樊於期将軍は事態を知って、わたしのところにやってきて、言う。「冷酷な王がわたしの首を要求するなら、やってくれ！　わたしが亡命したあと、王はわたしの親族をことごとく虐殺した。命びろいは、これまで、苦痛と後悔にすぎなかった。復讐はかならずや果たされるのだから、この世を去ることに、なんのためらいがあろうか！」。言い終わると、将軍はわたしの目の前で喉を掻き切る。わたしは、またしても、信義の連鎖の抗しがたい定めを思いおこさざるをえない。将軍の首は、防腐処置をほどこされて、秦王にささげる貢物に加えられた。

だが、これで準備万端なのか。わたしは若干の猶予を請う。かつて剣術の同輩だった人物の助力がほしい。抜きんでた腕をもつ大胆不敵の義俠の士。われわれはお互いに助け合う約束を交わしていた。彼は北の果ての山中で暮らしている。

高漸離

この生命《いのち》が大河の激流より波乱にみちているのは、生命をかたちづくっているのが、血と肉、そして、抑えがたい欲求と尽きることのない情熱だからだ。人間が苦心のあげく築いた防波堤も、ひび割れがひとつ生じたとたん、思いもよらなかったことがどっと入りこんでくる。

辣腕《らつわん》の男が自己犠牲を決意したことに、太子丹は感謝の気持ちでいっぱいだ。究極の行為に先んじる待機の期間、太子は彼に対して地上のあらゆる贅沢をかなえてやろうとした。当然のことではないか。だが、ここで言う贅沢とは、自然と一体化する崇高な歓喜や、魂を燃えあがらせる純粋な共鳴のことではない。太子が賜わろうとしたのは、ありきたりの基準にかなうものだ。豪華な屋敷、瀟洒な衣服、贅沢な料理、美女たち。こうした恩賞は容易に納得できる。ほどなく、荊軻は死んでいこうとしている！　しかし、心の奥でわたしは不安にとらわれる。苦悩する男の苦悩を増幅させるだけにならないだろうか。

そして、荊軻が春娘を市井に戻すことを要求したときの、底知れぬ不安、あふれる歓喜。この世で春娘と再会する、ほんとうに再会する！　地にひざまずき、天をあおいで謝意を叫ぶにたることだ！　悲劇的状況のまっただなかに射し込む清らかな陽光。だが、この悲劇的状況こそが彼女を返してくれたのだ。これをどうとらえればよいのか。愛こそ至福であることは疑いを入れない。それは天空にしるされ、石碑に刻み込まれている教えだ。愛だけがわれわれを慰め、愛だけがわれわれを救う。ただ、情愛は最高の喜悦でありながらも最大の苦悩でもある。このどうすることもできない現実を前にして、わたしはうちふるえる。

春娘を腕に抱く、彼女とともに快感にひたる、愛の行為をなしとげる。信じがたいことだ。そんなことをわれわれは考えたことがあっただろうか。あったかもしれない。無かったかもしれない。というのも、わたしたちが生きたのは、愛友情、友愛情という、前代未聞の、このうえなく自由で、このうえなく軽やかにして開かれたものだったからだ。

荊軻は春娘をその腕に抱くだろう。ふたりをむすぶ親密さが、わたしの孤独をいっそう大きくするだろう。羨望？　嫉妬？　そうともいえるし、そうでないともいえる！　そんなさもしい感情にわたしがとりつかれるだろうか。荊軻は死のうとしている、それより重大なことがどこにあるのだ！　その前に、彼の願望がすべて満たされんことを！　満たされうるものなのか、人間の願望は？　わたしの不安はそれに尽きる。人間の肉体が語るとき、肉体だけが語るとき、そこにはたして限界はあるのか。人間にゆるされている歓びとはなにか。人間が耐えなければならないのはなにか。引き裂かれた人間は、その傷口をさらに広げてしまうだけではないのか。情愛はときには死にもまして暴力的ではないだろうか。

三人の無垢の愛、地上の溶岩が苦しみぬいてある日生みだしたこの宝玉を、わたしは無言で守りつづける。

春娘

すべては苦悩でしかないかもしれないが、わたしはまっすぐあなたに向かった。すべては遅すぎたかもしれないが、わたしはまっすぐあなたに向かった。この瞬間にはまだ、荊《けい》軻《か》、わたしはあなたとともにいる。

沈黙させられた痛みに胸をしめつけられ、もの言わぬ女のわたしが、はじめて大胆に自分の感情を口にする。

年端もゆかぬころ、身を守るすべもなく、わたしは籠絡され、辱しめをうけた。その後、またしても身を守るすべもなく、男たちの欲望の餌食にされた。奇跡的に、解放されて、再びここにいる。けれど自分の運命を思いどおりにできるだろうか。できる、そう答えられたらどんなにいいだろう！　少なくとも言える、わたしは生まれてはじめて、すすんで男に身をゆだねた。それがあなただ。すべては苦悩でしかないかもしれないが、すべては遅すぎたかもしれないが。おお、一見従順そうな女は言葉にならない欲望が深く刻みこまれていて、それは何度生まれかわっても探りきれないほど無尽だ。

いまなお時間に意味があるだろうか。前になにが起こったのか、わたしたちは知っているとばかり思っていた。じつは、なにも知らない。これから訪れようとしていることについては、悲劇的なことしか予見できない。じつは、なにも知らない。のこされているのは、この現在だけだ。この現在にわたしたちのすべてを委ねる。いや、すべて以上だ、われを忘れ、血をたぎらせる、果てしなく。春の潮はなにもかもおかまいなしに、すべてを運び去り、すべてを奪い取り、山という山を持ち上げ、谷という谷に押し入り、どんな障害もどんな地平も意に介さない。太陽に合体し、月に合体し、認知できる世界と時間の外にある宇宙をうごかす息吹と合体する。なんというふしぎ！　わたしたちは誰？　わたしたちはどこにいる？

わたしたちを揺さぶり粉微塵にする、この欲望のなぞめいた力はなんだろう。どこの世界に向かっているのか。

けれど、わたしたちはまだここにいる、まだほんのいっとき。短い春には嵐が頻発する。やさしさはすでに苦悩、慈愛はすでに暴力。くたびれ果て、打ちひしがれた哀れな人たち、人間の運命はこの人たちのためのものではない。はやくも、わたしたちの絶望的な呼びかけが、遠くの地鳴りに吸い込まれている。そのなかにかき消される、だれかの耳に届いているのか。

でも、地上にいるかぎり、わたしは語りつづける。もの言わぬ女のわたしが、噛みしめた歓喜にみたされ、沈黙させられた痛みに胸をしめつけられ、いま大胆に自分の感情を語る、すべてを語る。

そのとおりだ、春娘、すべてを語る勇気をもて。わたしは行動の人間、豪胆さにはこと欠かないが、言葉が足りない。それでもわたしなりの話し方はある。言葉は、しかしながら、すべてを語りうるのか。ささやきや懇願や叫びの向こうに常に存在するのは、満たされない飢えと渇き、手の届かない雲のような面影ではあるまいか。人はなにかを所有しているつもりでも、夢を抱きしめているだけだ。

せめて、語る勇気をもとう、遅くなりすぎないうちに。ぎりぎりに追いつめられた男には、胸につかえていることを吐き出す時間しか残されていない。

わたしはいろいろな女を知った。純朴な女、ひねくれた女、多情な女、気難しい女。執着したことは一度もなかった、長つづきしたことは一度もなかった！　どこへいってもなげやりで、快楽と嫌悪感が一緒くたになっていた。だが、あなたは光を放つ珠玉、ただひとりの人、そのあなたの前では、いかなる占有も冒瀆で、いかなる性急さもゆるされない。漸離《ぜんり》もわたしもそれをわきまえていた。三人が分かち合った無垢がどれほど懐かしいことか！　いま、わたしたちふたりは、大いなる破壊をおかしたが、燃えあがる肉体とたぎる血をどうして忘れられよう。激情と消しがたい陶酔の笑顔をどうして忘れられよう。

人間にはどこまでの歓びがゆるされているのか。人間はどこまで耐えなければならないのか。もしわたしがそれを知っていたとしても、あなたを呼びもどしただろうか。わたしたちがそれを知っていたとしても、狂った蝶のように炎のなかに飛び込んでいっただろうか。焼けた肉、黒焦げの痕は、もはや永遠も消し去ることはできない。

女よ、変わらないやさしさと無限の渇望によって結ばれよ。男は別れてゆき、戦い、死んでゆかねばならない。わたしはこう信じたい。死ぬかどうかが、われらの意志を超えているように、愛するかどうかは、わたしたちの意志を超えている。もし、なにもかもが悔恨でしかないのなら、最大の悔恨は、愛さなかったことではないか。

おののきのなかで、わたしはいっしゅん天にむかって顔をあげる。天よ、もしわたしを見ていてくれるのなら、わたしを憐れんでくれ。緊急事態で、生き急いでいる男を憐れんでくれ。恐るべきことに立ち向かう前に、この熱愛、この狂気……。憐れんでくれ、漸離、きみも、もしわたしの声が聞こえているのなら。わたしたちはきみを傷つけた、それは意図するところではなかった。なにがあろうと、きみはわたしたちを守り、庇ってくれるだろう、わたしはそう信じて疑わない。

高漸離

別れのときは迫る。

太陽の熱はまだそこにある。飢えも渇きもしぶとく居残っている。情熱の虜《とりこ》となった、愛しいふたりの友よ、どれほどわたしはきみたちと共にいることか、どれほどきみたちの声を聞いていることか、そして、どれほど叫びたいか。「愛せよ、悔いることなく、愛せよ、心安らかに」と。

それはなお可能だろうか？　強く結ばれつつも超越する、それができるためには世界じゅうの叡智を要するだろう。

そうした資質は人間の手にとどくものだろうか。

おお、ふたりの友よ、きみたちをつうじて、わたしもまた熱情を生きたことを知ってほしい。きみたちの肉と骨はわたしのものであり、きみたちの涙と血はわたしのものだ。

いよいよ時がやってくる。人間の身体がその熱の炎を吐きつくし、人間の魂が終わりのない悲嘆と叫びとこだまに突入してゆくときが。そう、終わりはない。終止させる力を死は失おうとしている。死はもうその王国を支配することができないだろう。

荊軻もわたしも、そのことを知っている。息吹をやどしているわれわれは、息吹によって運ばれてゆくだろう。きみは清廉な息吹によって、わたしは律動する息吹によって。われわれは夜をくぐり抜けてゆかねばならない。起こるべきことが起こるだろう。おお、寒気よ、闇よ、おまえらがわれらをつつみこもうというのか。ここで、いま、われわれは武器を手にしておまえらを待ちうける。

荊軻、きみの手には匕首《あいくち》、そして、わたしの手には筑《ちく》。わたしはきみから離れない。だが、きみはひとりで恐るべきことに立ち向かおうとしている。だから、わたしは身の震えをおぼえずにはいられない。きみは震えているか。わたしが予感していることのすべては、わたしのなかで悲嘆から歓喜の歌が生まれでることだ。わたしの楽のひびきはあの世に達し、われらのさまよう魂はそこに居場所を見いだすだろう。

第三幕

合唱

荊軻《けいか》が待っている剣客はなかなかやってこなかった。太子丹は、状況が緊迫するにつれ、不安をつのらせた。かわりに勇猛果敢で名をはせる屈強の剣士、秦舞陽《しんぶよう》にしてはどうか、太子は荊軻にそう提案した。荊軻はしぶしぶ同意した。

旅立ちの日がやってくる。どんよりした秋の日、悲しみが人びとの心をふさぐ。太子丹は、春娘と高漸離、そして何人かの宮廷人をともない、荊軻と秦舞陽を、天然の国境をなす川、易水《えきすい》まで送っていく。でこぼこ道がつづいている。馬車の騒音、人びとの沈黙。出立するふたり以外は、喪の色、くすんだ白の装束を身にまとっている。

易水のほとりで、祖先の神々と旅の神々に捧げる儀礼がおこなわれる。神々のつぎは、人間に敬意を表する儀礼。にわかづくりの料理のふるまいではなく、正真正銘の宴がはられる。おそらくは最後の宴、まちがいなく最後の宴。肉、野菜、米、酒、果物、それぞれが大地の貴重な宝物だ。悲運のときにあってもなにも変わらない。人間の欲求は満たされ、基本的な行為は成し遂げられなければならない。

宴が終わると、高漸離が立ち上がり、少し身を遠ざける。筑《ちく》を膝のうえにのせて、弦を打ち、つまびく。まず重厚にして荘厳なしらべを、そして抑えた調子の旋律へと移ってゆく。この旋律でもって、楽師たちは悲しみにみちた感情を表現する。演奏がすすむにつれて、しらべは水流の音と一体化し、いっそう悲愴になり、いっそう深みをます。居合わせた人びとは、目を大きく見開き、髪の毛を逆立てる。高漸離が楽器に合わせて低い声でうたうのが聞こえている。

寒風吹きすさび易水《えきすい》寒し、壮士ひとたび行けばふたたび帰らず。

そこで、荊軻が立ち上がる。それに同意するかのように、声をはりあげこの言葉をくり返す。荊軻は、太子、春娘、高漸離、そして彼をとりまくすべての人に目礼する。馬車に乗り、秦舞陽をしたがえて、川にかかる橋にむかって疾走する。居合わせた人たちは万感胸にせまって声も発せず、涙でかすむ目で、彼らの姿が遠ざかり地平の彼方に消えてゆくまで見守る。

易水を越えてしまうと、勇者が向きあうのは自分自身だ。頼りになるのは、自分自身の勇気と腕力だけなのだ。誰もが息をころす。

荊軻

易水を越えてしまうと、足もとにあるのは、敵が征服した地だ。

秦の首都にたどりつくまで何日もかかる。秦舞陽《しんぶよう》はほとんど語らず、わたしは苦難の旅路にあって、状況を見直したい気持ちにかられる。計画の断念が頭をかすめたことがあったか？　あった、といえば嘘になる。なかったと答えるのも、正確さを欠く。あまりの途方のなさに、この遠征がふいに現実のものではないようにおもえてくる。わたしは恐ろしい悪夢にでも捉えられたのか。おどろおどろしい芝居にとりこまれでもしたのか。もういっぽうでは、もつれあう視界のその向こうに、地平線の靄《もや》のように、はるか彼方まで追いやられながらも浮かびあがるその顔は、現実以上の現実味をおび、意味をもつ唯一のもので、泣き、笑い、あふれんばかりの思いやりをたたえている。そのやわらかな女人のかがやきは、わたしが一度も見たことがなく、すでに知ることさえかなわない……母の姿へとかわってゆく。

たちまちにして、馬車がまいあげる埃が、思索も感情も吹きとばす。沈着冷静を要する果たすべき任務がいすわる。この企ては、すでに田光先生と樊於期《はんおき》将軍の命を、いわばわたしに先んじて、犠牲にしたことを思いおこさせる。わたしのうしろに見えているのは、誓いをかわした太子丹、そして、事態を知らされてはいないが奇跡を待ちのぞんでいる燕国の民《たみ》。

首都で待ちうけていたのは、謁見のゆるしを得るための、ひどくこみいった数々の手続き。ようやく認可をうける。厳重な身体検査をうけた後、われわれは王の玉座の間に足をふみいれる。幅も奥行きもおそろしく長い玉座の間は、その荘厳な威風で人を圧倒する。軍隊の雰囲気だ。なかに入ると、臣下の者が声をはりあげ、われわれの肩書と氏名を読みあげる。その叫び声は柱から柱へとこだまして、皇帝の耳にたっする。いまや、進み出なければならないのは、われわれだ。おそらくは外国の使者を動転させるためだろうが、入り口からとてつもなく遠いところで、皇帝は玉座についている。皇帝に近づくには、その長い距離を歩かねばならず、しかもその両側には、重臣たち、武器をもった衛兵たちの黒い列だ。そのとき、秦舞陽がふるえはじめた。痛恨の極みだ。樊於期将軍の首の入った箱と地図を両手で捧げもったまま、蒼白な顔をして、一歩も足をふみだすことができない。

おどろいた臣下たちに対して、わたしはこともなげに、この者は秦国の宮廷の壮大さにおそれおののいているだけでございます、そう説明した。思いもよらず、助太刀を失い、その瞬間、運命の神がいまや究極の行為を単独でなしとげよと、わたしに命じていることを知る。

きちんと巻かれた地図を持ち、わたしはゆっくりと歩み出る。

玉座の前でひれ伏す。頭をあげ、ついに暴君の顔を見る。しわが刻まれた額、濃いひげ、貪欲な光を放つ鋭い眼。わたしは述べる。

「燕国が偉大なる貴国に献上つかまつる十五の都市の地図をごらんにいれましょう」

「うむ、よかろう！」

張りつめてはいたが、わたしは標的にむかって落ち着いて歩をすすめ、玉座のわきのテーブルの上に地図をのせて、開く。

匕首《あいくち》がキラッと光る。

わたしは匕首をつかむ。その瞬間、君主の俊敏な目はすべてをさとる。豹のような身体は玉座からはねあがり、うしろの柱のかげに飛びのく。わたしも同じように飛びあがって、その衣装の裾をつかみ、逃げようとする身体を捕らえようとする。命を奪われてなるものかと、相手は全身の力をふりしぼって、柱の周囲をまわり、わたしは追いかける。

宮廷は、あまりの衝撃に息のみ、ひと言も発しない。誰も動くことができない、衛兵さえも。これぞ、猜疑心の強い独裁者がさだめた非情な掟だった。君主からの指示なしには、なんびとも行動にでてはならない。いまや、君主は自分がつくった装置のしっぺがえしをうけている。柱のまわりの追走劇はなおつづく。

「陛下、剣を！」

右側の列から声があがる。宮廷の主治医だ。彼が投げつけた薬の入った袋が、わたしの動きを狂わせる。いまだとばかり、王は脇につけた鞘から刀を抜こうとするが、いっきょには抜けない。逃げまわりながら、力をこめ、ついに抜く。刀を手にしたとき、王は優位に立つ。振り向きざまに切りつけてくる。刃がわたしの腿をえぐる。

重傷を負ったわたしは動きをとめられ、柱にもたれかかる。そのあいだにも王はもう一本の柱の陰に避難する。もはや王めがけて匕首を投げつけるしか手はない。あまりの勢いで投げつけたため、匕首は銅の柱に突き刺さる。

血がどくどくと噴きだして、わたしは自分の敗北をさとる。わたしのさまは内的爆発にも似ていた。笑いがとめどなくこみあげてきて、そしてきっぱりとした言葉が飛びだす。

「こうなったのも、わたしがおまえを殺したくなかったからだ、生け捕りにしたかった！」

どこからきた言葉なのか。なぜそう言ったのか。敗北の身となって、太子丹の企てを、独裁者の目により罪の無いものにしたかったのか。決然としてつっぱしらなかったことへの悔恨の念をごまかしたかったのか。それとも、敵の王を人質にとって生還するなどという狂気の夢をいだきつづけていたのか。あのわたしの同輩の助力なしにはかなうはずもない夢を。

この世で最後にわたしの目に映ったのは、騒然とした宮廷で臣下たちがいっせいに歓呼の声をあげ、衛兵たちが刃の雨をふらせて、わたしの身体をずたずたに引き裂くさまだった。血にまみれた肉塊は公衆の面前で広場に晒されるのだろう。

第四幕

合唱

この惨劇の結末は想像を超えていた。ただちに予測しえたことは、怒り狂い、復讐心に酔いしれる秦王が、もはや征服の欲求にどんな手加減も加えないことだ。秦王はその行為の正当性をかつてなかったほど確信した。鍛えぬかれた歴戦の兵士たちが信頼にたることはわかっていた。なにをしてもよい、と言って兵士たちの戦意をあおった。ひとつの都市を陥落させたら、歯向かってくるような輩《やから》は存在してはならない。

にっくき敵、太子丹に対しては、激怒した征服者は、いまや斟酌《しんしゃく》の必要がなくなったことに満足していた。かつてともに人質だったやつ、哀れなおろかものめが。「虎のひげに触れるなんてよくも考えたな、おまけにその命を狙うとは。あぶなかった!」、王は煮えくりかえる。そこで太子丹を生け捕りにして、最高の責め苦を科すという任務が秦軍に託された。

結局のところ、燕《えん》の老王が、太子丹を捕らえて秦王にひきわたすことで、その怒りを静めようと決心した。太子は逃亡したが、みずから命を絶つ以外の道はなく――もうひとりの犠牲者――、それでも国は完膚なきまでの制覇をまぬがれることはなかった。

血気にはやる兵士たちに依拠し、はかりしれない野望にかられ、勝ち誇る征服者は勢いにのって、南と東の豊かな王国、楚《そ》と斉《せい》に恐怖の戦慄をまきちらした。

なお征服すべきはなにか。もう何もない。その絶対的権力は「天の下」のすみずみまでおよぶ。史上類をみない現象、無上の喜び！　情け容赦のない秩序をゆきわたらせ、どんな法外な願望もかなえることができるのだ。だから、みずから「始皇帝」、つまり「最初の皇帝」を名のった。妄想にかられて、帝国は「一万世代つづくだろう」と宣言した。

一万世代！　これほどの長寿が人間の意志どおりにゆくものなのか。誰にもわからない。危惧されるのは、この皇帝が創始した非人間的な統治が、その後長きにわたって他の帝国の規範となるだろうということだ。

生活はつづく。悲しい運命をになう庶民たちのおかげで、「道」はその流れをとめない。酔って忘れることが、恐怖と親族を失った悲しみをのりこえる確かな手段のひとつとなり、酒屋を富ませているが、富という語も条件づきだ。途方もない重税にあえいでいることでは彼らとてかわりない。まずまず余裕のある生活というべきか。ここで、北東部の比較的被害が少なかった地域のある酒屋でおこなわれている宴会をのぞいてみよう。大勢の招待客、いまや宴たけなわ。食事がすむと、楽師たちの小さな集団がはなやいだ空気をたもつために、筑《ちく》を打ち鳴らす。客たちは、静まりかえって、じっと耳をかたむけているが、ひとりだけ、居合わせた下僕だが、苛立ちをこらえようとして必死になっている。演奏がすすむにつれて、口のなかでもぐもぐと苦言をつぶやき、だめだと言うように、そっと首を横にふっている。ほかの下僕たちが、その不満げなようすに目をとめ、女主人に報告する。女主人は、宴がひけると、男に尋ねる。

「おまえには筑の技芸のこころえがあるのか」

「はい、ございます」

「あす、なにかやってみなさい」

翌日、服装をあらためた下僕は、厳粛な表情で、主人があつめた通《つう》たちを前にする。最初の音が鳴りひびいたとたん、感動が聴衆をわしづかみにし、最後までとりこにして放さない。あたかも、楽が神々の言葉だった太古の昔にもどったかのようだ。そして、演奏が終わるか終わらないかのとき、ひとりの男が叫ぶ。「高漸離《こうぜんり》だ、まちがいなく彼だ！」

高漸離

一瞬の衝動だったのか、わたしという人間の深いところから湧きあがってきた願望につきうごかされたのか。虚栄の行為か、尊厳の発露か。いったいなんだったのか。身元を隠すことだけが、生きのびる手段だったのに、わたしは自分の正体を明かした。

これまでのことを話そう。

荊軻《けいか》の失敗と死を知ったとき、わたしたちは苦痛に打ちひしがれ、この王国そしてわたしたちめいめいに襲いかかろうとしている恐怖におののいた。春娘を救いたいという一心が、彼女をひきつれて無我夢中で逃亡する力をあたえた。「荊軻の一味」として、わたしたちは秦軍に追われていた。

髭と髪をそぎおとして、人相を変えることができた。灰まみれの粗末な衣を身につけ、春娘もまた見分けがつかない姿になりおおせた。疲労と困窮に憔悴したその顔も変身に寄与したが、とはいえ、その目の美しさはぼろ着姿からも見てとれた。敵が攻撃をしかけてきたときには、凶暴な兵士どもの標的になりやすい逃亡者の群にまぎれこむのは避けた。すばやく北東の荒地の方角に向かい、ふちがかけた碗で食べ物を乞い、物置小屋や豚小屋で眠り、自分たちが何者だったのかさえ忘れてしまった。いたるところで空気に染みこんだ血のにおいに付きまとわれ、追いつめられた二匹の獣。ついに深い森に逃げ込んだ。そこにわたしのもとの天職を見いだした。採取と狩猟にもどった。

わたしと一緒にいて、春娘もまた野生の女になった。ふたりとも自然にかえって、自分たちの本性にのみ耳を傾け、作法や儀礼の重みから解き放されて、ともにした試練と生きるための切迫感によってむすばれていた。目がくらむような驚嘆がわたしにつきまとって離れない。「春娘がここにいる、春娘が正真正銘ここにいる、つつましく、まばゆい姿で。わたしたちが身体と身体、心と心を交わし合っていることが信じがたい！」。夜の冷気のなかの隠れ場は、虫の鳴き声と星のきらめきにつつまれ、わたしたちはお互いに暖めあった。わたしたちがあじわったのは、憐憫とやさしさと快感とが入り交じった感情、そして、以前には夢想さえできなかった陶酔のときだった。

おお、悲惨にして崇高なあの夏！　原初の大地は、ちょうどよく熟した南瓜のように、めぐみぶかかった。木々の枝がつけているもの、草地に生えているもの、そうした贈り物をわたしたちは両手いっぱいに摘みとった。わたしは嗅覚をたよりに、隠れ場の周囲五里まで春娘をひっぱりだし、キノコや野いちごをさがしあるいた。やがて秋が森を赤く染め、その乳房から、キラキラした樹脂や琥珀《こはく》色のカエデの樹液が流れだす！　そんなころわたしたちは、松の葉で香味をつけた焼き肉のにおいをしっかりためこんでおく……。

荊軻のことは一瞬たりともふたりの頭から離れたことはなかった。それは、わたしたちを無意味な悲しみに閉じこめるどころか、勇敢にして誠実であれと命じ、生きのびるという厳しい義務へとかりたてた。けれども、わたしは人間の意識のいりくんだ襞《ひだ》に触れて、いたたまれない気持ちだった。ひとつの疑問が春娘の心につきささり、自責の傷口をひろげていた。なにゆえの自責？　荊軻が仕損じて重傷を負ったとき、「おまえを生け捕りにしようとしたせいだ！」と秦王にむかって叫んだという話が伝わっていた。となると、荊軻自身生きて帰りたいという強烈な願望をいだいていたのか。そんな感情が彼の機動力を鈍らせたのではないのか。なかんずく、その願望は、荊軻が春娘とむすんだ肉体の絆から生じたのではあるまいか。けっして答えのでないその疑問を、彼女は自分自身にたえず問いかけずにはいられなかった。

ではわたしは、なにがわたしを煩悶させていたのか。春娘とのこのふかい愛は、荊軻がここにいたら可能だっただろうか。おそらく意味のない問いだろう、とはいっても現実の問いだ。友と彼女が愛でむすばれていたとき、嫉妬の気持が心をよぎっただろうか。荊軻は死に直面しているんだという思いのおかげで、そんなさもしさを乗り越えることができた。とすれば、わたしのいまの状況は彼の死に便乗してはいないだろうか。ぞっとするような考えに、わたしはみずからを恥じた。結局、なんなのだろう。友情と愛とは両立しうるのか。ふたたび問い直す。三人をむすぶ絆は、人間にはかなわぬものなのか。だが、三人での生命《いのち》ほとばしる時間、あの時間をわたしたちはたしかに生きた。そのまぶしい透明な玉石、それをわたしは心の奥深くにいだいている。ふたりの友に対して、同じようにいだいている。気高い友情、気高い愛。愛は、魂をも肉体をもつつみこむ情熱をおしえてくれ、友情は尽きない敬意と尽きない無欲を知らしめる。肉体と肉体、魂と魂において三人の真の絆が実現しうる至高の世は存在しえないのだろうか。

魂の道をつうじて荊軻と再会したい、そんな途方もない願望がわたしのなかに生まれた。

冬のおとずれとともに、その年はつねにない過酷な寒気をもたらしたこともあって、野生の生活は春娘には堪えがたいものとなった。徐々に平和が戻ってきていて、わたしたちは思いきって他の地方に足をふみいれ、比較的安全なこの町にたどり着いたのだった。下働きとしてこの酒屋にうまく住みこむことができ、主人のめがねにかなう仕事をした。わたしはさほどもたつかずに大小の酒樽を扱った。春娘はその熟練した動作で、酒屋の給仕としての腕前を発揮した。命びろいしたふたりは地下に潜伏して、そんなふうに隠れて生きていたわけだが、それをつづけてゆくには厳しい条件があった。身元をあかさないこと。わたしはそれをうけとめた。春娘と生活をともにするしあわせで満たされていた。

ところが、わたしはいま禁制をおかした。そして、自分自身に問いつづける。一瞬の衝動だったのか、深いところから湧きあがってきた願望につきうごかされたのか。ともかくも、あともどりするには遅すぎる。その結果は、まちがいなく、恐るべきものになるだろう。ほかの手はありえただろうか。わたしのなかに棲みついていて、わたしを安らぎのなかに放っておいてはくれず、無視することのできない魔物、それはわたしの音楽だ。この呪われた筑《ちく》、この筑め。その技《わざ》は持続してゆくことを求めている。その継承はなにものにもかえられない。技の低下を何も言わずに見過ごすことはゆるされない。さもなくば、わが師は墓の奥に引き返してしまうだろう！　そうだ、目を覚まそう。わたしはほんとうに最後まで黙りとおすことができるだろうか。数知れない惨劇、数知れない苦悩、数知れない渇望がわたしたちをとりまき、表現されることを望んでいるというのに。

自分の夜の底で、強いられた沈黙のなかで、どこからともなく、消し去りがたい光が見えている。わたしたちから生まれたもっとも根源的な歌、それはかならずや人びとの耳に達するだろう、そしてもちろん神々にも。太陽と月とあらゆる天体の神、宇宙をつきうごかす壮大な旋律の神々。そうだ！　歌によって、わたしたちがもつ唯一の手段によって、神々に触れることができれば、神々はわたしたちの肉体を魂にかえ、さまよう魂を、生に忠実でありつづける魂をめぐりあわすことに同意するだろう。

春娘

わたしたちはまだ生きている、漸離《ぜんり》とわたし。わたしたちは破局を生きぬいた。大破局を生きぬいた。というのも、その前にすでにわたしはいくつもの不幸をくぐりぬけてきた。年端もいかないうちに売りとばされ、少女時代に陵辱された。それから、漸離と荊軻とともに、わたしは美しい愛、貴い愛を知った。ほんのわずかな期間、かなしいかな。またしても、わたしの女の体がわざわいした。老王の側室として選ばれ、他の人たちが名誉とみなすことが、わたしには際限のない屈辱にすぎなかった。そこから解放されたのは、思いもよらない、けれど、悲愴な状況のおかげだった。荊軻との焼けつくような激しい熱情を、だれが阻むことができただろう。わたしを飛びたたせる炎の躍動に、悲しみと後悔の予感がおもおもしくのしかかった……。

大破局とは、荊軻の壮絶な死とそれにつづく燕王国の崩壊だった。いまこうして漸離とともにいる。わたしにとって彼はふるさとであり、ともにいると、わたしがずっと以前から知っていたことを、ふたたび見いだす。故郷の地や遠いむかしの感覚がよみがえる。この世を去った愛しい人びと、父や母、弟、キツネに奪われたあの白ウサギまでも。そう、ほんとうにそうだ。漸離がもたらすのは、ものごとのふかい認識であり、人を立ちあがらせ前進させてくれる根源的な共感だ。

そして、人生におけるたぐいまれな体験！　自然のなかでの野生の生活、天候の気まぐれや虫の刺咬のなすがままにされる身体、けれど、すべてから解放された生活。わたしたちは、自分のなかの力を汲みつくすしかなく、生きのびようとする本能にすがりつつも、内に秘めた欲求が語りかけてくるのにまかせた。漸離はわたしをささえるために自己をのりこえ、あらゆる不安と危惧に打ち克った。窮乏の生活にあっても、漸離の芸術家の感性は、おりおりの休息のひとときに味わいをあたえるすべを知っている。

過ぎ去った悲劇は、なお記憶に生々しくて、ほとんど口にすることができない。語る言葉がみつからない。その衝撃の大きさは、わたしたちの知力を超えている。ただはっきり言えるのは、その悲劇はいまや人間の歴史の一角をしめていること。

荊軻、あの誇り高き人物をおもい、わたしたちはこっそり涙するしかない。失敗はしたが、彼は、逆説的にも、生の尊厳をわたしたちに取り戻させてくれた。けれども、振り払うことのできない後悔がきりきりとわたしを苦しめる。漸離は懸命になっていたわってくれるが、それはわたしの臓腑につきささったままでいる。引き抜いてはいけないものなのだ。後悔は後悔なりに、荊軻がわたしに遺した貴重な「宝物」ではないか。

筑のケースが神聖な祭壇の捧げもののように、そばに置かれているのを除けば、わたしたちにはもうなにもない。漸離は筑にふれるのを控えている。彼が苦しんでいるのが見てとれる。あの夜、彼が筑を取りに行ったとき、わたしは恐怖にとらわれた。身元をあかさないことが、わたしたちが生きのびる条件だった。もういっぽうでは、どんな分別を説くのも無意味であることが分かった。彼は大風の呼ぶ声にしたがっただけ、もしくは、神々の要望に応えただけなのだから。

高漸離

そうだ、大風の呼ぶ声、あるいは、神々の要望にしたがったのだ。いまやわたしは至高の歌に身をささげる。そうするのは、この時勢にほかのだれも担うことのできない聖なる任務がそこにあるからだ。過去を現在につなぎ、現在を未来につなげることができるのは、至高の歌だけだ。それは、ずっと以前に、臨終の床にある師がわたしにゆだねた任務ではなかったか。当時は狭量すぎて、理解しきれずにいた。村から村へ、町から町へとわたりあるき、自分の才能とそれが生みだす効果に満足し、楽しい音楽や悲しい音楽を奏で、労働にくたびれた人びとが気休めや娯楽として耳をかたむけていた。わたしは自然のささやきや律動をたくみに表現していた。

真のひらめきをもたらしたのは春娘だった。やさしさと思いやりにつつまれた気高い旋律を聞かせるように共振する魂のふしぎをおしえてくれた。もうひとつの激しい一撃は、荊軻からきた。わたしの人生に入り込んできたとき、正義と献身の精神にともなう悲劇を知ることへとみちびいた。彼の死は究極の指令だ。それは永久にわたしの目を開いたままにさせる。

いま世界は闇におおわれ、人びとは口をつぐみ、聞こえてくるかすかなうめきを発する深淵の底では、鎖につながれた身体がうごめき、その向こうには、殉死した人びとの亡霊が列をなして進んでいて、集積した黒い雲は海からの風も吹き散らすことはできない。

始皇帝の恐怖政治は残酷さをきわめてゆく。見当違いのひと言やひとつの動作、もしくは、ただの疑惑だけで、なにもしていない人が罪人にされてしまう。どんな罰に相当するかが検討される。おびただしい数の刑罰がおびただしい数の件について定められている。身体のあらゆる部分がその対象となる。手の切断、脚の切断、鼻や耳の切除、目をえぐる、舌を抜く、孔をうがつ、去勢……。ひとりが死刑の宣告を受けると、それはその家族全員、さらに一族全体におよび、数十人、いや数百人にたっする。ともかくも、人間の生命《いのち》は駄獣ほどのものでしかない。だれかれかまわず賦役に徴用される。宮殿の建設に数十万人が動員される。長城の構築に数百万人が強制的にかりだされる。生還する者はわずかだ。

運命のいたずらから、わたしはこの悪夢のような時代に生きることになった。人びとが被った災難と圧殺された叫びを歌声にかえる役割がわたしの肩にのしかかる。賞賛の叫びに酔うこともたびたびだったのだから、わたし自身のうぬぼれもかなり入り混じっているのかもしれない。だが、たいせつなことは、そこに全身全霊をこめることだ。なんのために？　生者が脈動する血肉、鼓動する心臓をふたたび見いだし、死者が自分たちは無に帰したわけではないことを知るためだ。大地からのぼる魂の歌声が、獣や鳥、水源や奔流、炎や嵐を奮い立たせるために。その魂の歌声そのものによって、生を渇望するすべてのものが、原初の律動に合流し、そして、天がわたしたちを忘れず、それどころか、万物の共鳴がふたたび適確に響きわたるようになるまで、その記憶にとどめるために。

春娘

漸離《ぜんり》はあちこちに招かれ、どこでも歓喜の声があがる。民衆が耐え忍んだ数しれない苦しみが、表現されることを待ちわびている！　苦情はまかりならぬという時勢で、音楽だけが、聴衆が息をつくことのできる声の息吹をあたえてくれる。ことのなりゆきで、漸離は、むかしのように、ふたたび放浪の楽師となった。村から村へとわたりあるき、用心ぶかく街は避けて通る。

おこるべきことは、あらがいがたくおこる。漸離は独裁者の監視の目をのがれることができなかった。荊軻の友として、追われる身だった。宮廷で皇帝の前にひきずりだされたとき、彼は尋問され処刑されるものと覚悟をきめる。おどろくべきことに、この残忍な君主は打楽器の愛好家だった。音楽をきき終わると、満足げにフーッと息をはき、彼を放免する。

非情な男も心の底では人間らしいところもあるのか。悲しいかな、暴君に奇跡はおこりえない。彼の音楽はすぐそばでききたいが、安全は確保せねばならぬ。そこで取られた指示は残酷きわまりなく、楽人から視力を奪ったのだ！　驚愕の暴力でもって、つぎの謁見の際、漸離は衛兵におさえつけられる。その目に硫黄が流しこまれる……。

いとしい顔が、血にまみれ、醜くゆがみ、苦痛にひきつるのを目にする。あんなに表現ゆたかだった目のかわりに、黒い孔がふたつ。人が顔をそむける面貌だが、わたしはまっすぐ見つめる。女がしめす勇気をわたしは自覚する。ふつう、惨劇に立ち向かうのは男のようでも、女は別の仕方で同じくらいその惨劇に対峙する。責め苦をうけたのが自分自身でないとき、彼女は苦痛にあえぐ男を腕にかかえ介抱しはげますのに心血をそそぐ。それで自分自身の心がひどい傷を負うことになろうと否と。

わたしは漸離の力になりえただろうか。悄然として、内にこもる漸離には、だれかが自分の身体に近寄ってくるのが、堪えがたい。目が見えないことに辛抱づよく慣れていくしかない。どれほどの激憤を内にひめて、自分を侮辱し拷問を科した男の前で、彼が音楽を奏でているかは容易に想像できる。それでもこころみるのは、彼の言うところでは、自分の音楽のなかに抗議と嘆きと憐憫の音調をこめることだ。肉体的快楽のために音楽を好むこの独裁者は、他人の不幸にはつゆほどの感受性もしめさない。

新しいことが視野をひらいたようだ。視力を失ったことが、漸離に盲目だった師をよみがえらせる。太古の昔、人は他の感覚器官のすべてを失ってはじめて、完璧な聴覚を得るにいたり、聖なる道の守護神になったことを彼は思い出す。この記憶は地の振動のように彼を揺さぶる。この新しい道に分け入るよう命じる師の声が聞こえてくるようにさえ思える。人に教えることで聖なる道の連続性をたもつ道。情熱をこめて、漸離は弟子を育てはじめる。

高漸離

ひとり、自分自身に向き合う。自分自身に、自分の運命に。たったひとり自分の部屋で、自分のまわりを飛びまわっている一匹のハエの羽音が聞こえているだけだ。究極の時がやってきた、わたしは知っている、知っているのはわたしひとり。運命のとき、恐怖のとき、戦慄！　人間には選ぶということができるのか。どこまで堪えなければならないのか。そのときを引き延ばしているのはわたしではないか。いや、回避しようとしているのかもしれない。わたしはそのためにこの世に生まれてきたのではない。成し遂げなければならないところまでほんとうにきたのか。芸術のために死ぬのなら、芸術家の本望だ。だが、こんなふうな仕方ではないはずだ！　しかし、わたしは知っている。運命の究極のときがきたことを。わたしは知っている、知っているのはわたしひとり。だれでも、あるとき自分のなかの秘められた底知れぬ深みに気づく。それぞれの人間が深みであり、深みと深みのあいだには一見乗り越えがたい溝がよこたわっている。

だれにも打ち明けられない！　春娘にさえも、いや、彼女にはとくに言えない！　暴君の暗殺をふたたび企てる、そして、彼女にとってかけがえのない生命をふたたび犠牲にする。彼女にそんな考えがどうして耐えられるだろう。わたしがうける残酷な仕打ち、おそらくは荊軻以上にむごい仕打ち、それを想像するだけで、彼女は恐ろしさに凍りつき、絶望に打ちのめされるだろう。解きほぐしがたく避けがたい、非情な事態に三人してとりこまれた、哀れなわたしたち！

避けがたい？　ふたたびくり返すが、せずにすますかどうかは、わたし次第ではないのか？　この残忍な遊び人の前で、飢えた犬のように這いつくばり、いやしく屈従しつづけるのも。それが芸術家としての尊厳にふさわしいことなのか。春娘のわたしに対する愛にそぐうことだとでもいうのか。荊軻がなしえなかったことを完遂するのは、わたしでしかありえないではないか。なさねばならないことは、遅くなりすぎる前に成し遂げるべきだ。過酷な責め苦をうけたことで、わたしの健康はそこなわれた。肉体の力は衰えた。筑の技《わざ》もおちている。独裁者のすぐそばにいられるという、ほんのわずかな人だけがもつ特権も、いつまでも続かないだろう。筑を打つたびに、わたしは獣《けだもの》の重々しい息をもろに顔面にうけている。目は見えなくても、攻撃できる範囲にいる。金属楽器でもってこの男の頭を叩き割るのだ。わたしの行為が、一個人の復讐を超えていることは、まちがいない。独裁者の飽くことない野望がかならずや要求してくる他の人たちの犠牲をくいとめることになるだろう。

だれにも打ち明けられない。いや、弟子のうちのふたりは、たぶん、わたしを分かってくれる人たちだから。筑の至高の道をふかく理解している人たちなので、わたしが明かす理由に徐々に同意するだろう。全幅の信頼をよせることのできる、このふたりの弟子を育てたことをうれしくおもう。春娘の今後のことは彼らにゆだねよう。最後まで彼女を護ってくれるだろう、きっと。いまや状況はあきらかだ。わたしたち三人だけが、もはや猶予のゆるされない行為を知ることになる。強大な権力をもつこの独裁者にとって、ひとりの楽師などただの奴隷にすぎないことはすでに彼らに話してあるだけに、なおさらだ。ちょっとした短気、あるいはただの気まぐれだけで、わたしの命を奪うこともありうる。戦いに敗れた兵の将軍をただちに処刑させたではないか。自分の未来の廟《びょう》が完成するや、建設にたずさわった建築士と人夫たちを死に追いやったではないか。

これだけの理由は十分な説得力をもつだろう。しかし、もっと奥深く、もっと秘められた次元で、わたしの春娘に対する愛が今すでに変容をせまられていることを、だれかに分からせることができるだろうか。醜くゆがみ痙攣にひきつる顔、かつてあれほど見つめ賞賛した美貌を映さなくなった顔、この顔の世話を毎日しなければならない春娘の苦悩が、わたしにはいたたまれないほど辛い。ひどい傷を負った男は、憐憫の翼にだかれて、どうにか命をつないでいる。このうえさらに肉体のみじめな快楽を求めることには嫌悪を感じるばかりだ！　ずっと以前から魂の時期がはじまっていることを、この顔は知っている。魂？　身体の真の美しさがかがやきを放つのは魂によってだ、愛し合う身体が実際に意志をかよわせ合うのは魂によってだ。わたしにこのことを分からせてくれたのは、ほかでもない春娘そのひとだった。脈打つ彼女の身体から低い声がたえまなく聞こえてくるとき、わたしを迎えるのは彼女の魂であり、わたしの魂は即座にそこに入り込み、そして、とどまる。それを言いあらわすのに、「融合する魂」という表現があるではないか。そうだ、肉体は徐々に魂に転じてゆき、しまいには風が枯らす残骸だけをのこすのだ。

魂、この物質性がなく摑まえどころのないもの、その魂にさわって愛撫すると、自分の膝や腕のようにたしかな感触がある。空気のようでありながら肉感がある。鮮烈な発見！荊軻の魂を探しだしたいという、いても立ってもいられない願望がめばえたのは、この目覚めによるものだ。春娘との変わらぬ絆にゆるぎない確信をえて、いまや荊軻のさまよう魂がわたしを懊悩させている。暗殺に失敗し、他の大勢の死の原因になったことを恥じ、悔いているから、さまよっているのだ。彼と同じ苦難をうけてはじめて、わたしは彼の魂を見つけだすだろう。そうすれば、彼の魂が存する絶望の淵に入り込めるだろう。そして、その魂を見つけだせたら、そこから脱出させよう。

この地上の夜にいて、悲愴な孤独のなかで、わたしには「見えている」。さまよう幾多の魂は流れ星になるだろう。互いにいとおしむ魂の群れ、それは魅せ、魅せられて、星座をなすだろう。

春娘

あなたに皇帝から暑宮へのお呼びがかかったとき、別れぎわに、あなたの言ったことがどうして忘れられるだろう。「しばらくのあいだ別れることになる、しかし、わたしたちはすでに永久《とわ》にともにいる」。ずしんと重みがこもったこの言葉の意味が、とっさには分からなかった。あなたはつけくわえた。「留守のあいだ、わたしの弟子たちがあなたの助けになってくれる。彼らを信頼してくれ」

あなたが出立するとすぐ、お弟子さんたちに同行するようにという、あなたからの指示がつたえられた。それがこんなに長きにわたる逃亡になるとは知らずにいた！　北山の麓のこの村にわたしたちは避難した。あなたが育てた若い楽師たちは、才にも献身にも抜きんでている。ほんとうにあなたにふさわしい人たち。彼らは、生活の糧をえるために、その心づかいに反して、わたしをしばしば独りにしておかざるをえない。

ああ、孤独よ！　わたしはどれほどおまえを知っていることか。おまえもわたしをどれほど知っていることか。わたしにとっていちばん大切な人たちが奪い去られるのを、おまえは何度みたことか。いやむしろ、非情な運命に捉えられ、わたしから奪い去られた人たちが、わたしにとっていちばん大切な人たちだった。ふたたびその身体にふれることも、腕にいっとき抱きかかえることも、介抱しなぐさめることもできず。天と地のはざまで、いきなり、またたった独りになった。沈黙の時間の伴侶となり、ちいさな針葉が落ちる音、小枝が風にゆれて衝立《ついたて》の紙をひっかく音までが耳に入ってくる。知らん顔をして、押し黙ったままの広大な宇宙に、ひとりの人間がいる、たった独りで。生まれてすぐ茂みに捨てられた子猫が、なにが起こったのかも分からず、おびえきった目でまわりを見まわしていて、そのあいだにも死の冷たい影につつみこまれようとしているように。または、忘れることのできないあの野鴨！　飛行のまっただなかで、とつぜん、力尽きたのか、群からとりのこされ、置いてきぼりを食ってうろたえていた。自分のまわりを旋回し、何枚かの羽を落とし、それから、消え去った群のおぼろげな方角にむかって、絶望的な力をふりしぼって飛びあがり、それでも引き裂くような鳴き声を発していた。知らん顔をして、押し黙ったままの広大な宇宙に、独り取り残された生きものの叫び。めいめいがその夜のなかにたった独り。だれがそこから脱出させてくれるのか。ああ、孤独よ。わたしはどれほどおまえを知っていて、おまえはわたしをどれほど知っていることか。今夜、おまえが見ているわたしは、コオロギの鳴き声のなかで、むかしとおなじように、ひさしに吊るされた灯火だけを伴侶としている。一晩中あかりをともすことの効能を、わたしは知らないわけではない。宿屋ではたらいていたころ、道に迷った旅人たちの道しるべとなり、彼らは暖かいところにねぐらと食べ物を見つけたことを喜んでいた。宮廷にいたときは、灯火は、木製の楽器を打ちながら夜明けをつげてまわる男の足もとを照らしていた。いまは、漸離の弟子たちが夜更けに帰ってきたとき、わたしになにか必要なものがないか確かめようと小窓をそっとたたくとき、灯火は役立っている……。

終夜あかりをともす女、わたしは、いつまでも消えない蠟燭でありつづけよう。わたしがなしうるのはそれだけだ。それが、わたしができることのすべて。

高漸離

住まいを出ると、わたしは衛兵に護られ、驪山《りざん》にある暴君の暑宮にみちびかれる。山が近づいてくるにつれ、肌に感じる清涼な空気が、重い暑気をやわらげる。虫の羽音と小鳥のさえずりが、のどかな音の風景をかたちづくり、ときおりカラスの鋭い叫びがつきぬける。わたしのなかで、またも懐かしいにおいが目を覚ます。松や羊歯《しだ》の息づかい、太陽が暖める苔におおわれた岩、鼻腔につきまとう野生の果実の香気……。

しかし、わたしの目はもう周囲の世界にむいていない。なさねばならぬことだけに集中していて──荊軻もきっとそうだったのだろう──、忘れているものはなにもないか思い巡らせる。わたしの筑、そのなかに鉛を詰めこんで、確実性のある固く頑丈なものにした。わたしの音楽の手段、人生の手段であるこの楽器が、人を殺す武器、わたしの死をもたらす原因となる。ほかに方法があるだろうか。人は自分の生命《いのち》をささえてくれたものでもって死ぬ。それはあらゆる芸術家の宿命であり、あらゆる人間の宿命だ。

運命の奏楽のときがくる。享楽をもとめる独裁者を前にして、まず、活気ある曲を奏で、愉快な気分にひたらせる。ついで、きわめて穏やかで、ほとんど聞き取れるかどうかの楽曲。聞き入る君主は声をはりあげる。「近こう寄れ！　近こう！」。わたしは座を近づけ、曲をつづける。いつもの重々しい呼吸が聞こえてくる。野獣の息をじかに感じはじめる。とつぜん、すべてが簡単におもえる。ひとつの動作で、ことは終わる。わたしは旋律を加速させ、手馴れた「徵《ちょう》」に転じて荊軻への別れのうたを奏でる。憎々しい顔が青ざめるのが見えた気がする。わたしは筑を振りあげ、君主の方向に投げつける。荊軻と同じように、的をはずす。

隠し持っていた毒薬をあおる時間があっただろうか。もうなにも分からない。おそらくなかったのだろう。たちまちにして獰猛な野獣たちに押さえられ、衣服をはがされた肉体がその爪と牙のなすがままにされる。その醜さだけは見ないですむ。猥褻なせせら笑いと、カチカチなる短剣の音から感じとるだけだ。獣の宴がはじまろうとしている。

拷問をうけた人はどんな苦しみをあじわったか、それは人間の言葉では語りえない。語るために戻ってきた人はひとりもいない。しかし、そうした拷問を考えだしたのは人間の才であり、その創意工夫は限界を知らない。さほど大きなものではない人体をしつこく責めつづけ、可能なかぎりの痛みをあたえ、苦痛をできるだけ長引かせる。そうした技に熟練した達人を育てあげるのに、人類は十分な時間をかけた。この帝国が卓越しているのは、そうしたものをすべて体系化したことだ。それは拷問の執行人の仕事を簡単にした。きちんと決められた罰の目録どおりにするだけでよい。一般的に、個々の罪に対して、それに相当する罰が決められている。凌遅刑《りょうちけい》の宣告をうけた者には大仕事をしなければならない。ありとあらゆる体刑をひとつずつ科してゆく。まず、身体の感じる機能をもつ部分、突起をなす部分、つまりあらゆる感覚器官を切除してゆく。耳、鼻、舌、手、性器。わたしの場合は、執行人がしなくてすむことがひとつある。目をえぐること。そのぶんだけ仕事が減るわけだ！ つぎに凹凸のある部分に焼きごてをあてる。わきのした、へそ、肛門、足の裏。さらに、みがきぬかれた技術で、腕と脚の皮膚をはぐ。

それらの仕事を成し遂げてしまうと、執行人たちは充足感をえるだろうか。それどころではない。その残忍な欲望が燃えつづけるには、過酷な苦しみで瀕死の状態にある受刑者がわずかな呻きを発するだけでいい。呻きは徐々に瀕死のあえぎに変わってゆくが、それでも執行人たちはどのようにとどめをさすのが適切か、いかにも達人らしく、議論しはじめるのだ。心臓をえぐりだすという伝統的方法を主張する者、この残骸を飢えた犬にくれてやり、筋肉がひきちぎられ、骨がかみ砕かれるさまを見物するのがよいとする者……。

この際限のない責め苦のなかで、受刑者は、当然ながら、死を渇望する。死が、あたかも奇跡のように存在していることに喜びをおぼえる。死こそ、天が創りだしたもっともすばらしいものだ、心のなかでそうつぶやく。それは天の慈悲の最大のしるしだ。

死への渇望、天の慈悲……。血まみれの肉塊になりさがったこの身体がいまなお感じたり考えたりできるというのか。この世界は、臭気と汗と尿と血に窒息させられて、すべての記憶を圧殺してしまったのではないのか。刃物にかけられ、血に染まった肉に、稲妻のように、母親にあやされたこと、ひとりの女性の腕にいだかれていた記憶がはしりぬける。醜悪な怪物が支配する恐怖の淵にあっても、子どもの歌がなお聞こえてくる。恐怖、恐怖、恐怖！　完膚なきまでの失敗にあって、なおおそるべき無用な問い。何百万という天体のなかで、宇宙のこの片隅で、どうしてこのようなことが?!

人間の残骸は広大な夜のなか、苦しみと忘却の果てしない海のなかに沈んでゆく。

第五幕

合唱

傲慢、野望、独裁の陶酔、それらすべてが人間にとりつき、狂気へとかりたてる。人間は非人間となり、非人間は魔物となる。暴力は暴力を生み、恐怖を糧として生きる者は、恐怖により破滅する。

秦の専制君主の生涯、その行程はこうだ。十五歳にして即位すると、政王はたちまち飽くことのない貪欲な征服者となる。三十五歳のころ、荊軻《けいか》による暗殺計画をかわす。四十歳のころ、他のすべての王国を配下におき、始皇帝を自称する。四十五歳のころ、高漸離《こうぜんり》による二度目の暗殺の企てをかわす。ほかにも暗殺を企てた者がいたが、未遂に終わる。しかし、五十歳にして、遠方への巡遊の途でとつぜん崩御する。その亡骸《なきがら》が首都に戻ってくるまで、死の事実を人びとに伏せておくため、側近の者たちは権力奪取を画策しながらも、皇帝の行列の周囲を塩魚や、王の好物のアワビを山のように積んだ荷車でとり囲んだ。

きつい臭いをもつ産物が、遺体が発する悪臭をごまかす役割を果たす。

始皇帝は中国全土を統一し、厳格な秩序がいきわたる大帝国を建設した。それが彼の功績とされている。どれほどの代価を払って？　支配を貫徹させるため、がんじがらめの制度を人びとに強い、税金につぐ税金、賦役につぐ賦役を科し、言葉にならない責め苦の種をまいた。住民全体を強制的にかりだし、巨大な宮殿や万里の長城の建設のため数百万の人命を犠牲にした。万里の長城をかたちづくっているのは石ではなく人間の骨だと言われる。それは比喩などではなく、冷厳な現実だ。不平や意見の相違をいっさいみとめず、そのきわみは焚書《ふんしょ》であり、膨大な数の文人たちを捕らえて一人残らず生き埋めにしたことだ。これほどの残虐が必然的にひきおこした反逆もまた甚大な破壊をもたらした。

一万世代つづくはずだった帝国は、その創設者の死から三年して崩壊し、漢王朝に取って代わられた。

わたしたちがここに目撃した悲劇のなかで、生き残ったのはただひとりだった。春娘！　齢《よわい》六十をすぎ、顔には皺がきざまれ、身体は衰えたが、そのひととなりは少しも変わらず、生国《しょうごく》の片田舎に住み、周囲の住民たちすべてにあがめられている。人びとのおかげで衣食住の不自由はない。彼女に会いにやってくる多くの巡礼者によって、村は名をはせている。過ぎ去った時代の勇猛な冒険を語る彼女に、ときには無言の内省にふけりながら、ときには「ああ！」と憐憫の叫びを発しながら、人びとは飽くことなく耳を傾ける。春娘、この北の地の麗しい花に人びとが見ているのは、なお生き生きした姿をたもつ、二度とあらわれることのない太古の美のかたちだ。

春娘は、妖女とおもわれないために、自分の胸の奥に秘めたものだけは、他人に明かすのをひかえていて、それを知りうる特権をもつのはわたしたちだけだ。ならば、その特権にさらにあずかって、彼女が愛する人たちの魂と交わすふしぎな対話に耳をかたむけようではないか。

そう、われながら信じがたい交感！　驚きのあまり、われながら信じがたい。交感が共通の歌に、ただひとつの歌に融合しているのだから、われながら信じがたい。

　わたしは自分の死の先をいっていると信じるべきなのか。さもなくば、天がわたしたちを憐れんで、特別のはからいをしてくれたのか。わたしはまだ生きているのに、愛する人たちの魂がわたしに合流した。いいえ、わたしたちがいつかふたたび結ばれることを、疑ったことはない。わたしはすでに魂によって漸離と結ばれていた、そして、漸離の魂はきっと荊軻の魂を見つけだすだろうと確信していた。いいえ、わたしたちがふたたび結ばれることを疑ったことはない、でもそれは、わたしの死後のことだろうと考えていた。

　ところが、特別のはからいがあたえられた。衰弱したわたしの生命はかぼそい蠟燭となり、けっして消えない蠟燭、炎でしかない蠟燭となり、愛する人たちの帰途を照らした、そう思いたい。それは、この地上の謎の小道。

わたしはまだこの地上にいるのに、自分のなかにやどしているふたりの人間との分かち合いを経験する、規則的な間隔をおいて満月の夜になされる分かち合い。わたしたちは三人がたどった、光と闇とが絡みあう道程をふたたびたどる。めいめいが自分の生きたこと、感じたことを語りえた。めいめいがすべてを語りえた、言葉にならないもの以外は。

言葉にならないもの、その謎の部分は謎でありつづけ、歌によってしか接近できない、漸離がそうおしえてくれた。言葉にならないもの、それはわたしたちにとっては、途絶えることのない三つの声の歌。異なっていながら溶け合っている三つの声、それぞれが固有にして一体化している声。それぞれの声が悠久の彼方からひびき、ほかのふたつの声と共鳴する。愛の声、友情の声、このふたつの乳房が釣り合い、養分をあたえ、ただひとつの情熱へと転化する。

満月の今夜、人間の夏は最盛期をむかえる。わたし自身の死の前に、わたしたちの共通の願望がその先をゆき、待ちこがれながらも予期しなかった恩恵があたえられた。

そのじつ、起こることは、すべて、すでに起こったことだ。この生命《いのち》そのものが、もうひとつの生命であり、もうひとつの生命はこの生命のなかにあり、この生命は他の生命でしかありえない。起こりうることは、起こるべくして起こる、もはやそれはわたしたちが推しはかるものではない。
高らかに響け、再会した魂の歌よ！

再会した魂の歌

わたしは、もう死のすぐそばにいる！
わたしは、もう死のはるか遠くにいる！
死はやってきたが、すでにここにいない

永続するものはすでになにもない、願望のほかは
じゅんすいな願望は達せられず
じゅくした願望は満たされず……

原初の願望への飛翔はつづく
道の原初の願望へ
生命《いのち》の原初の願望へ

原初の願望は無から息吹を噴出させる
生命という不可思議なものを噴出させる
愛の絆という不可思議なものを噴出させる

われらをここに結びつけるのは、その絆
われらをここに結びつけるのは、その生命
死はすでになく、生命はつづく

だがわれらとて世を知らないわけではない
ただ、利口な振る舞いをやめただけだ
思いあがった振る舞いもやめた

無感動な者、厚顔無恥な者、投げやりな者、倦んでいる者
金持ち、飽食家、尊大に構える者
われらは逆境にある者たちの仲間、永遠の悲しみと苦しみを負う者

永遠に飢える者は、わずかな贈り物にも感動する
永遠に渇く者は、一滴の雨水をもいつくしむ
幾つもの人生をもってしても、われらを癒すに足りないだろう！

われらはそれぞれが受け取った伝言を忘れていないからだ
それは、夕暮、小道の曲がり角に流れる秘密の香気
城の壁ごしにひびく夢見た生活を小声でうたう声

どこにいても、われらは、すべてを超えてお互いの声を聞いている
われらのぼろ着を吹き飛ばした大風のなかでも
流された血潮の満ち干にあっても

われらが倦むことがありうるか。すべてに意味があるではないか
歓びをあたえてくれたすべて、苦しみを生んだすべて
生命からくるすべてを無から救い出せ！

官能の陶酔にうちふるえる身体
拷問を目前にして恐怖に凍りついた身体
永遠も消し去ることのできない筋肉をよじられる苦痛

巧妙をきわめた拷問にも、終わりがある
苛烈をきわめた苦しみにも、終わりがある
残るのは心、この小さな肉塊は血を流しつづける……

生命をやりなおそう
生命を生きなおそう
これほど多くの回り道が必要だったのか

だが、すべてを知ってはじめて、再‐生ができるのではないか
限りないやさしさも限りない暴力も
限りない渇きも限りない飢えも

それぞれの貴重な瞬間が、失われようと否と、ひとつの生命をかたちづくる
つぎはぎだらけの古い上着に縫い込まれたダイヤモンドの瞬間
砕かれたグラスの破片とともに飛び散った美酒の瞬間

ああ、砂漠を横断した果てに、ひと口の水をあたえる泉
目もくらむ登り坂を踏破して、ほおばるあの果実
動物が地中にもぐるとき、放浪者の住処にともる灯

提灯の灯りが消えて、あるく夜の手さぐり
星の光につつまれて、なまあたたかい粘土にうずめる身体
飛んでゆくひとすじの野鴨の群に声をかける

さあ夜明けだ！　草と露のあいだのまがりくねった小道
ざわめき、羽音、目覚める世界の魔術
隠れていた花が、いまその香気の幕をあげる

すべてにあたえられるこの光、なんという分け隔てのなさ
その光を蝶は風に投げかけ、花瓶は黙って吸い込む
嬰児のはじめての視線、老者の最後の視線

広大な平原はエメラルドのうねりをつぎつぎにひろげる
豊かな大地は黄金色の穀草のささやきに揺すられてまどろむ
発酵したモロコシのにおい、松かさを焼く煙……

柳の花があちこちで飛び跳ねている
尊大な岩山が得意気に胸をつきだしている
非情な掟　歓びのときがあれば、苦しみのときもある！

われらの前に立ちはだかる悪、われらの内にうずくまる悪
やさしさも、激憤の爆発をおしとどめられず
憐憫も、復讐心の激発をさまたげられない

前へ前へと、攻撃と極限に投げつけた挑戦
手綱をおとし、疾走する馬に身をまかせる！
生も死も勇敢な騎馬にゆだねる！

果てしない大地、限りない大空、人間はすべてをいだけるか
この小さな身体とちっぽけな心臓でことたりるのか
ひとつの身体、ひとつの心臓、ひとつの魂！

魂、そう、それは呼吸し、広がってゆくものだ
何かは知らないが、呼びかけながら答えている
共鳴しながら答え、それを枠にはめるものはなにもない

ひとつの生命をかけて、魂をつくりあげる
情熱の生命があふれだしたところに、魂は現出する
生命は、深淵をこえて、さらなる歓喜へとつきすすむ

分割しえない魂
分離しえない魂
魂から魂へ　限りない共鳴

惹きつけあう魂
試練にいざなう魂
魅了する魂

きみ！
きみ！
きみ！

きみときみ、ふたりはひとりになる
ふたりのなかに　きみときみ
ひとりのなかに、われら三人

すべてを踏破してはじめて、いかに生きるかを知る
いかに真の生を生きるのか、いかに真に生きるのか
生を再 - 出発する、それこそ、ただひとつの真の願望ではないか

われらはいまなお運命の罠に捕らえられているのか
そうではない、うぬぼれも策略も捨てよう
暗い海のうえで、結ばれながらころげてゆく真珠であろう

綿々たる情熱の神秘は終わりを知らず
顔の謎、視線の謎は終わりを知らず
絡み合う言葉の魔力は終わりを知らず

限りなくこの世にして、限りなくあの世
未踏の地にとつぜん開花するツツジ
茫々たる空に赤く燃えあがる雲

男は、立ち上がり灼熱と寒気にいどむ松の木
女は、律動する息吹を迎える開かれた谷
力のみでは制することができず、やさしさのみが持続する

蘭の一輪で、大地は意味をもつ
牡丹の一輪で、四季は意味をもつ
そう蘭はわたし！　そう牡丹はわたし！

微笑むまなざしがあれば、大地は意味をもつ
花冠が愛撫すれば、四季は意味をもつ
われらもまた、唯一への忠誠という二重の謎にわけいろう

きみは、欲望に燃えあがるわれらの身体をいだく
きみは、拷問に呻くわれらの身体を慰めの腕でいだく
きみ、女性よ、われらを見捨てないでくれ、忘れないでくれ

奮起する男は、有限にとりつかれている
女のほうは、無限の陶酔に身をゆだねる
無限を閉鎖する？　無限を制御する？　できるはずがない！

変転しながら高みにむかう、それ以外にできることがあろうか
大河は究極の大海へとどこまでも流れてゆく
その水は順次蒸気になり、雲にかわってゆく

そして、その天の領域から豪雨となって、撒き散らされ
古い大地を最初の夜明けのように生まれかわらせる
これが、可視にして不可視の生命の法則のあゆみ

けれどしぶとく、地上の生の記憶はその権利を奪回する
明と暗が交錯し、涙と凍結とが交互し
嵐を背にして生育する大麦や大豆

藁葺き屋根の上のおんどりは一日を告げる
入り口のそばで寝そべっている犬は歳月をしるす
もぐらは新しい年を確実におしえてくれる

そして　春の潮、すべての生命がいっきょに噴出する
そして　夏の暑気、すべての生命は溶岩のように跳ねあがる
それから　性急にして忍耐づよい芽ばえが延々とつづく

それから　灰色の午後、窓辺の鳥のさえずり
それから　靄《もや》のたそがれ、消え去る風景
それから　胸をはりさく存在のぽっかりと空いた不在

「大雨がひさしの鈴を鳴らす、あなたたちはどこ？」

「きみは？　夜松かさが落ちる音が聞こえるか」

「あなたたちがどこにいても、わたしはただ待っている……」

呼び声が聞こえさえすれば、生命のすべてがふたたびうごきだす！
わずかな火花で燃えあがる野の草
最初の鹿の鳴き声で目覚める森

おお、恐怖と涙に傷ついた心臓というこの肉塊
おお、こんなに小さな塊、それでも悔いと自責にふくれあがっている
自己の奥底の、こだまの響かない深淵で、めいめいが自分に問いかける

わたしはあなたに身をゆだね、あなたの意思をにぶらせ、失敗に追いやった
わたしは生還しようとし、わたしの失敗が大勢の死をまねいた
わたしはふたたび筑を打ち、わたしの不幸とあなたの不幸をひきおこした

終わりのない後悔、それは永遠に胸にしまっておこう！
後悔？　それは生命にふたたび食いつきたいという激しい願望ではないのか
生命をやりなおしたいという強烈な欲求ではないのか

ほら　木立をなす老いた松の木がその根をふたたび絡み合わせる
ほら　空にちりばめられた星が、その光をふたたび交差させる
ほら　地上からたちのぼる蒸気がたしかに靄になっていく

靄は空にのぼり、雲にかわる
雲は雨となって落ち、地にめぐみをあたえる
この大きな循環に、すべての渇く者たちがひきこまれてゆく

銀河の輝く渦のなかで、ふたたび結ばれる
月の光が願望を高揚するとき、さまよう魂は目覚める
それらの魂こそが、それぞれの後悔と悲しみのすべてを歌にする

われらはひとめで相手がわかる。名前など呼ばずとも
きみは荊軻！　きみは漸離！　きみはふしぎなほど美しく
かつてないほど癒やしてくれる、春娘！　春娘！

生命をやりなおそう
生きなおし、創りなおそう
聞け、ナイチンゲールが鳴いている!

それは、大地が天に身をゆだねる神秘の夜の合図
たわわに実る麦の黄金色が原初のまぶしさに目をくらます
それぞれの呼吸が入り混じり、ふたたび結ばれた魂は、律動する息吹をとりもどす

もう住処はない、あるのは道のみ
生命をやりなおそう
やりなおし、創りなおそう

わたしは火。蠟燭のそばの子守歌をまだ覚えているだろうか
母のない男は、無から、すべてから再出発する。不死鳥＝雲雀《ひばり》
夜明けの光の輪を、すべての山頂の線にひろげよう

わたしは木。炎よ、きみはわたしなしでなにができるのだ。だから来てくれ！
灰と樹液、ゆるやかな降下とのぼる歌、わたしはそれが見分けられる
春に膨らみ、わたしの肉は、微風に裂けてひび割れる

わたしは水。めぐみをあたえる噴出。涙？　感謝の涙！
親のない女は、わずかなものですべてを修復する。満ちる潮は
岸から岸へとのぼり、乾いた土をよみがえらせる

ディアローグ（対話）

フランス語への情熱

献辞

フランスの語彙のなかでダイヤモンドの光を放つもの、わたしにとって、それは「サンス」(sens)という名詞だ。一音節に凝縮されているので、一中国人の耳になじみやすく、出現と前進を想起させるこの多義語は、生きた世界のなかで、感覚、方向、意味という、わたしたちの存在の基本的な三つの次元をいわば結晶させている。

天と地のあいだで、人間はそのすべての感覚《サンス》でもって、出現する世界を感じとる。もっともまばゆいものに引かれて、人間は前進する。それが道に対する最初の自覚だ。道において、生きとし生けるもののすべてが、根から最高の開花のかたちに向かって必然的にひとつの方向《サンス》にのびてゆき、ひとつの意図、創造の意図そのものを表現しているようだ。自分自身の創造の意味《サンス》である意義にたいする人間のあくなき追究は、そこに端を発する。それはじつに真の「感覚の歓び《ジュイサンス》」である。

F・C

運命のなせるわざで、わたしは人生のある時期から、ふたつの言語の持ち主になった。中国語とフランス語である。それははたして宿命的だったのか。あるいは、いささかなりとも、自発的な意思が介在していたのか。ともかくも、わたしは挑戦に応じ、自分なりの仕方でこのふたつの言語をうけとめ、究極の結果をひきだすに至った。複雑なふたつの言語は、ふつう「主要な」言語と称され、それぞれの歴史と文化を背負っている。なかんずく、両者はきわめて性質を異にしていて、そのあいだには想像しうる最大の溝が掘られている。当然ながら、フランスに来てから少なくても二十年間、わたしの生活を刻みつけたのは、矛盾と分裂にみちた激しい奮闘だった。ふたつの言語のうちのひとつを創作の手段として選ぶにおよんで、この矛盾や分裂は、少しずつ同じくらい熱のこもった追究となっていった。だからといって、もうひとつ、つまり母語のほうがあっさりと消し去られたわけではない。母語はいわば弱音化されて、忠実にして密かな話し相手となった。そのささやきは、わたしの無意識をはぐくみ、変換すべき映像、満たすべき郷愁をひっきりなしにあたえてくれるだけに、頼りがいのある話し相手。だから、縁組した言葉への愛情にむけられた言語学的冒険の中心を占める最大のテーマが「対話《ディアローグ》」であることに、驚くべきものはなにもない。このテーマがわたしの長い道程を照らし出した。この対話というテーマは、忍耐づよく探しもとめた共存がまるで奇跡のように実現するたびに、どれほどの興奮と歓喜の瞬間をあたえてくれたことだろう。この共存こそ、自分が当初予測したものを超えたところにわたしを飛翔させてくれたものであり、いまもそうありつづけている。

★

言語学的冒険、わたしはそう言った。もう少し分かりやすく説明する前に、若干の前提となる考察に言及しなければならないだろう。たとえば、人間の言語の謎そのものについての考察。ひとつの言語、それはいっさいの制限なしに、ドンとひとまとめにあたえられているものであり、おかげで、生まれたときからなんでも言え、頭に去来することをなんでも話せ、外界でおこっていることをなんでも説明できる。だからそれは、普遍的な、あたりまえのもので、誰にでもすぐ獲得できるはずだ。ところが、驚愕しながら、いやおうなく直面させられるのは、「その内部で生まれる」という運にめぐまれなかった者には、言語ほど、隙間なく構築され、厳重に監視された、容易には越えがたい障壁をはりめぐらせている体系はないという事実だ。

驚愕を通り抜けたとき、言語というもののもうひとつの側面、その複雑さと謎をなしているものに気づくのである。ひとつの民族の言語は、ただたんに命名し、意思疎通をはかるための客観的な手段ではない。言語という手段によって、同時に、個々人は徐々に自己をつくりあげ、性格、思考、精神を形成し、感覚や感情や願望や夢に動かされる内的世界を構築するのだ。言語はわたしたちの意識と感性をになう。さらに、より高いレベルでは、言語によって人間は自分自身を凌駕し、ひとつの創造のかたちに到達する。すべての創造は、ひろい意味での言葉だからだ。わたしは言語の謎について語っていた。いまや、ひろい意味での言葉のなかに、わたしたちの謎が存している、と言い切ってもいい。言語を手段として、言語をつうじて、わたしたちは自己を発見し、自己を表現し、他の人たちとの絆、生きとし生けるものの世界との絆をむすび、信仰心をもつ人たちならば、人間を超越した存在と交わるのである。

となれば、ひとつの言語の習得が本質的にして複雑な過程であることに、驚くことはないではないか。記憶力の問題などというものではなく、自分の身体《からだ》、知性、理解力、想像力のすべてを動員しなければならない。語彙と文法の規則を学べばすむものではなく、感じとり、知覚し、論理づけ、たわごとを言い、誓い、祈る、つまり、存在することを学ぶのだ。比較的遅い年齢から異なった言語を学ぼうとする者の場合、パーティで会話をしたり、何冊かの本を読んだり、観光を楽しんだりするためではなく、ほんとうに学ぶこと、つまり全身全霊を傾けてその言語にとりくみ、その言語が生存、あるいは創造の手段となるほどに、自己の運命のすべてをかけることは、とてつもない挑戦に類する。そんな企てがどれほどの努力を要するかは容易に想像できる。忍耐と根気、決心と情熱が必要だ。わたしが直面したのは、そうした冒険だった。それは語るに値するものだろうか。どうしても到達しえないという意識につきまとわれた苦行と失望の頃のことを話し、言語力の欠如ゆえに失笑を買うようなヘマをしでかし、ときには滑稽ともいえる勘違いをした状況を話して——おもしろい話にはなるだろうが——悦に入るためならば、語るに値しない。しかし、どんなふうにわたしの母語である中国語の土壌から出発して、ときは一歩一歩、ときには跳躍により、フランス語に入っていったかを語ることができるのなら、そこには確かな意義があるだろう。この「理性的恋愛結婚」からわたしが引きだしえた財産はなんだったのか、わたしの内部でなし遂げられた変革とはなんだったのかを示すことができるのなら。

だが、その話に入り、前述した冒険を分析する前に、もうひとつの考察、こんどはすべての言語が臓腑の内部からむすびついている文化という、もっと大きな枠組みにかんする考察にふれないわけにはゆかない。

個々の言語が乗り越えがたい障壁をはりめぐらせていると指摘したが、もう一方では、この問いを文化というものにまで拡張してみるべきではないか。文化については、一般的に、その特異性、さらには一枚岩の性格が強調されがちだ。ひろく普及しているこの見解にしたがえば、どんな文化もひとつのかたまりをなしていて、それはきわめて頑強で、他の文化への伝達を受けつけようとしない。わたしとしては、存在の謎は個人のなかにある以上、どんな人間も固有であり、本質的に唯一であるという考えにまったく同感だが、それだけに、文化の「一徹さ」という見解は疑問視したい気持にかられる。ひとつの文化、それはじつのところ、共に生きている人びとの大集団が共同でつくりだしたものにすぎず、それぞれの人がその「共有しうる」部分に価値をあたえている。たしかに、個々人は唯一であり、それこそが、生命の世界のゆたかな創造性をなしている。しかし、逆説的にも、個々人の特異性は、他の特異性との交換なしには意味をもたず、自己を表現することも開花することもできない。そして、ひとつの集団に通用する言語と文化の役割は、まさしくその交換と伝播をうながすために共通の規則と信条を定めることである。文化の理想像とは、多種多様な植物が互いに特異性を競い合いながらも共鳴し合って共通の作品に寄与することではないか。交換と伝播が人間集団のあいだでおこなわれているのだから、それが異なった文化で成り立たないはずはない。とくにその文化がほんとうに開かれたかたちを模索しているならば、なおさらだ。いうまでもなく、それには時間がかかるし、最低限の謙虚さを要する。その共通の認識と再生にあたって、有益で実り多いと判断するものをとりいれるのは個々人の役割だ。

★

異なった文化が繋がりあい、それによって相互に浸透する可能性についてのこの見解は、もしかしたら甘いかもしれないし、ともかくも「楽観的」ではあるが、わたしのなかにふかく根をおろしている。それはおそらく中国の宇宙観の古い源泉からくるものだろう。この宇宙観についてここですでに簡単にふれるのも悪くないと思うのは――中国思想と西洋思想の交流について、それぞれが他者から学ぶことができるものについてのよりつっこんだ考察は、わたしがたどった道程を語ったあとに、本書の終わりのほうでおこなう――わたしのあゆみを幾多の障害をこえて動機づけ、導いてくれたのはこの宇宙観だからだ。その宇宙観の基本、および、生きているものの世界と人間が占める位置にかんする視点は、つぎのように要約できる。観察によってはぐくまれた根源的直感にもとづき、そして、気《き》という考え方から出発して、中国の思想家たち、とくに道教の流れを汲む人たちは、創造された宇宙の統一的、有機的な概念を唱えた。そこではすべてが繋がりあい、ささえあっていて、気は、生きているものすべてを活気づけ、結びつけている統一性の基礎をなしている。この広大な網目のなかでさまざまな実体のあいだでおこることは、実体そのものと同じくらい重要だ。というのも気の機能は三要素からなる。三つのタイプの気があり、それらが一致してはたらく。陰《イン》、陽《ヤン》、沖気《チョンチ》である。沖気はそれ自体が気であり、陰と陽とがあるところに存在する。それは不可欠なものだ。生命が循環するところであり、陰と陽とを、相互作用と相互変革の過程にひきつけ、ひきいれる。

中国の宇宙観の中心には、生命の世界を機能させている基礎をなす動力を象徴するものとして、陰—陽—沖気の三者がある。これに対して、儒者たちは、より人間の位置を中心にした天—地—人という三者をとなえる。じつのところ、両者の語はそれぞれ対応している。天は陽の原理、地は陰の原理に属し、人間はその知性により沖気による調整をすることができるからである。人間は公正な「中庸」の道を実践し、天と地の為すものに、三番目のものとしてかかわらなければならないのだ。「道」という語をもちいたが、中国語では「タオ」だ。それは、道教と儒教という中国のふたつの思想潮流に共通した中心的な概念である。それは、生命の世界の巨大なあゆみ、間断のない創造を意味している。道《タオ》には、「道」と「話す」というふたつの意味があるので、フランス語の Voie（道）と Voix（声）と同じような同音異義の言葉遊びにぴったりだ。人間の独特の運命にあてはめると、言葉をもつ存在となった人間が果たさなければならない役割、いや使命さえも示唆している。生命の世界と対話すること、それも、その世界を構成するあらゆるレベルを相手にして。つまり、人間はもちろんのこと、自然とも宇宙とも、「天」という語で呼ばれる至高の存在とも対話することである。

これが中国思想のとなえる理想のビジョンである。単純化しすぎで、甘い見方だと思う人たちもいるかもしれない。けれど、このビジョンには一貫性があるというメリットがあり、生命の普遍的秩序が、それぞれの構成要素を切り離す分断によってではなく、伝播と相互作用を可能にする結合のうえに築かれているという信頼を説いている。

★

道教が中国思想の歴史をつうじて、儒教と競いながらも活気づけようとした、この本質的に開かれたビジョンは、不動で一枚岩の中国という固定観念と相反しているようだ。この固定観念を反駁することをつうじて、わたし自身がたどった道程の理解に必要とされる究極の説明をすることにしよう。

東には大海、南西にはヒマラヤ山脈、北西には砂漠地帯、という地理的な理由により、古代中国の胎動は長いあいだ自然の境界のなかにおさまっていた。だが、二大河川が西から東へと平行して流れるこの大地の内部では、あまたの王国、多種多様な学派のあいだで、どれほどの抗争や権力争いがあったことだろう！　これを雄弁に物語っているのは、紀元前五世紀ごろ「諸子百家」とよばれるものによって展開された熾烈な争いだ。最終的にそこから生じたのはふたつの大きな潮流であり、その誕生はおそらくはふたつの大河と関連して位置づけられるだろう。黄河に洗われる北部の中央平野で生まれた儒教。南部中央の揚子江流域で生まれた道教。

儒教は宇宙と社会に人間をふかく関わらせ、倫理的規範にみちびかれ、国家の教義として権力にとりこまれた（そのこと自体が硬直化と矮小化を招いた）。道教は密かにではあるが儒教に対抗しつづけ、人間の精神の自由と自然との一体化という理想を説いた。

内部のごたごたにもかかわらず、この国は閉ざされた劇場でありえたかもしれない。ところが、そうではなかった。北西部の国境の向こうには砂漠、そして、部族や遊牧民がすむステップや牧草地があり、天災がおこると、彼らはより豊かな土地を征服するために移動を開始し、ユーラシア大陸の両端である西洋と中国を圧迫した。紀元一、二世紀あたりから中国の歴史をつうじて、そんなふうにフン族、トルコ族、モンゴル族、満州族などの侵入と征服があいついだ。そのすべてがこの古い帝国を揺るがし、なかには、破壊のあとそこに新しい血をそそぎ込んだ人びともいた。しかし、文化の面では、中国が必要としている変革をうながすような肯定的影響をもたらすことはできなかった。

高度な成熟に達した異文化と中国がはじめて接したのは、インドによってだった。紀元四世紀ころの仏教の翻訳によるものだ。そこで中国はこの宗教に心をひらいた。罪の感覚、魂の救済という思慮、瞑想における深層や段階の概念、すべてにわたる慈悲の実践、そうしたものを通じて仏教は中国思想をより豊かなものにした。仏教は新道教《ネオタオイスム》に寄与し、さらにその後、新儒教《ネオコンフュシアニスム》に貢献した。仏教そのものもまた道教の影響をうけ、そこから禅《チャン》という宗派がうまれた。ともかくも、古い中国は、唐王朝（七世紀から九世紀）から三教《サンチャオ》（三つの宗教）が共存する国であることをみずから認めていた。それによって、数世紀にわたりさまざまな創造が開花し、歴史家たちはそれを「中国ルネサンス」と呼んでいる。したがって、中国は外部からの寄与の恩恵を知っていた。中国が仏教を受けいれたのは、大勢の伝道者の派遣や軍事的征服によるものではなく、中国の信徒や巡礼者たち自身の飽くなき追究のおかげだったという事実が、あまりにも見逃されている。のちになって、イスラム教が西部の周辺地の一部に根をおろした。さらにその後、十七世紀から最初の宣教師たちの到来とともに中国にキリスト教が入ってきて、普及してゆく。逆説的な事実を指摘しないわけにはゆかない。抑制や弾圧はあったものの、宗教戦争と呼びうるものが存在しなかったため、中国は人類のおもな教義のすべてが共存する地なのである。

そんなわけで一般的に、ひとつの文化の他の文化への導入には宗教が先行する。仏教を介して中国にインド思想が浸透したのがそうだった。西洋思想がキリスト教を介したのも同様だ。しかしながら、仏教とともに生まれえたものは、キリスト教では再現しえなかった。キリスト教は数々の苦境におちいることになる。明《みん》代末期（十七世紀初頭）にキリスト教が中国に到来した当初は、きわめて前途有望だったが、そうこうする間に、満州族による厳格な秩序の樹立や、十九世紀をつうじてくり返された中国にとって破滅的な紛争があった。二十世紀初頭、一九一二年の中華民国の成立とともに、中国はどうやらこうやら近代の仲間入りをはたした。だが、この広大で人口過多の古い国は、むかしながらの封建制の強靭な根をもち、なお一世紀のあいだ動乱と急転に直面することになる。激烈な抗争が相継いだ。軍閥に対決する北伐《ほくばつ》（一九二五―一九二七）、共産党と国民党とのあいだの国共内戦（一九二八―一九三六）、抗日戦争（一九三七―一九四五）、ふたたび国共内戦（一九四六―一九四九）。

自己から脱却し、変革を遂げるために、高度に発達した他の文化との交流、西洋との対話が必要なことを中国はこころえていた。火急の事態に備えるために、活動的な勢力の一部がマルクス主義をそのもっとも急進的なかたちでうけいれた。一九四九年、共産主義政権が樹立された。それから半世紀を経て、その結果を知ることになる。他の意識的な人たちは、西洋との真の交流には、西洋をふかく掘り下げて知ることが不可欠であり、西洋が生みだした最良のものを学ばなければならないことを自覚していた。科学はもちろんだが、その哲学や文学や芸術がどれほど大切かを。そして、一九二〇年代からはじまったのが、膨大な翻訳の作業であり、最初は系統性がなかったが、次第に一貫性のあるものになっていった。二十世紀の中国に生まれた若者は、知ることを渇望し、真実と美を追究する気持ちさえあれば、翻訳された書物にふれ、外部からきたもの、とくに世界の向こう端からきたものにふれることができた。

わたしの個人的な道程は、こうした歴史的文脈のなかに位置している。

★

そんなわけで、わたしが言語によって紡いできた情熱の絆、わたしの人生を大きく左右した絆についての話に立ち入ろう。この観点から、あくまでもこのテーマに直接かかわる範囲で、わたし個人の人生についても語るつもりである。まず、わたしが自然の美しさを、世界の驚異的な現実として認識するようになった、目覚めの時代からはじめよう。手に届くのはささやかな手段ではあったが、自己を表現したいという欲求が、すでにわたしのなかに芽生えていた。絵や、雑誌から切り取った文や、日記の断片でもってコラージュをしたり、読んだおとぎばなしや物語を自分でつくりかえて朗読したりした。それは抗日戦争初期の時代だった。一九三七年（戦闘の開始、南京における虐殺）、一九三八年（揚子江をさかのぼり、壮大な三峡を通っての集団的避難）、そして一九三九―一九四〇年（四川《しせん》省の重慶《じゅうけい》にたどりつくものの、爆撃をうけて農村に避難、そこでは風景の豊かさがすべての癒しとなった）。十歳から十一歳の頃のことである。

とくに何人かの若い詩人たちとの出会いのおかげで、文学というものを発見するには、十五歳を待たねばならなかった。わたしの眼前で地平線がひらけた。十五歳、それは早すぎる年齢か、それとも遅れた年齢か。どちらでもかまわない。確かなことは、戦争に脅かされ、ありとあらゆる疫病に晒されているとき、文学という一筋の糸だけが、個々人の生命《いのち》をささえていて、文学とは、果てしない記号の宇宙をひらき、わたしたちが生きたことをすべての面にわたって受けとめ、運命の神秘をさぐることができるもので、娯楽ではなかったことだ。気晴らしなどというより、文学は不可欠なものにみえた。当然ながら、中国の古典的大家の作品や同時代の作家のも読んだ。英語の学習も手伝って、はやばやと西洋文学へと入りこんでいった。イギリス、ドイツ、フランス、ロシアの大作家たちの作品をむさぼるように読みふけった。一見とるにたらないように見えることがらが、わたしの文学への関心をうながした。わたしたちの高校は、名湯で知られる温泉地の近くにあったので、そこを訪れる作家たちの講演に接する機会にめぐまれていた。とくに記憶に残っているのは、トルストイやドストエフスキーの翻訳家だった高植《こうしょく》、それに、ゴーリキーのような放浪生活をいとなみ、よくゴーリキーと比較された艾蕪《がいぶ》。さらに、すぐれた文芸批評家胡風《こふう》が創設した「七月」派の詩人たちの姿を、茶屋で見かけた。みんな貧しい身なりをしていたが、尊厳をたたえる、燃えるようなまなざしが、詩人になるというわたしの決心をかためさせた。わたしが中等教育を終えた一九四五年八月は、ちょうど終戦のときだった。中国は弱りはて、腐敗にむしばまれ、内戦にひきずりこまれて、若者たちを動揺と反乱のなかに投げこんだ。わたし自身ひどくかき乱され、学問などなんになるんだと思い、いっとき漂流の時期をすごしたことがあった。結局、南京大学に入学して英語を専攻することになった。

ユネスコがくれる奨学金が、ヨーロッパ留学への道をひらいた。終戦後のその時代、イギリスとフランスという選択肢があった。自国で、中国人にとってより容易だと言われる英語を選んだのだから、このふたつの国のうちイギリスのほうにするのがわたしには自然のように思えた。当時、ほとんど躊躇なくフランスに行くことに決めた深い理由は、あとになって考えてみて、三つあげられる。まず、名高いなどという語では言い尽くせない文学。さまざまな人間的課題、社会的内容、性愛の描写、心理学的分析、多様な思想や考察、そうしたものにきわめて富んだ文学。もうひとつは、芸術的創造だけではなく、日常生活においても洗練されていることで、美食やワインに対する愛着がそれを物語っているが、一中国人には無関心ではいられないところだ。三つめは、一中国人の意識のなかで、あるいは無意識のなかで重要性をもつ。フランスは西欧の中心を占めているという点だ。地理的に変化に富み、あらゆる東方の国にひらかれていて、四方八方の影響をうけ、相互に矛盾しあうもの、補足しあうものが交錯する坩堝《るつぼ》となった。そこから湧きでたのは、普遍性の理想を求める、やむにやまれぬ欲求である。

十九歳をすぎてパリにやってきたとき、わたしはフランス語をひとことも知らなかった。そんな「遅い」年齢で、他の言語のなかに入り込み、完璧に使いこなし、自分の血肉とすることに、どれほどの困難が待ちうけているのかをおしはかる状況にさえなかった。その後、いつかフランスの作家になるのだ、そしてほんとうにそうなったわけだが、そんな大それた夢をいだくには、決意はもちろん、それ以上にかなりの程度の無分別、いや無鉄砲を要したことだろう。それに、忍耐も。半世紀にわたる手さぐり、落胆と再起、不安とおののきが絶えない内心にふいに湧きあがる涙に混じった歓喜、言葉に尽くせない陶酔……

亡命者ならだれでもまずあじわうのは、寄るべのなさや貧困や孤独の苦しみだ。過去の郷愁と現在の厳しい条件とに引き裂かれて、より「無言で」、より屈辱的な苦痛にさいなまれる体験する。養子縁組をした国の言語のごく初歩的な知識しかもちあわせていないので、だれの目から見ても幼稚な存在になってしまう。口ごもりながら発する単語や文章はときには正確さを欠き、明瞭で一貫性のある話をすることができず、思想のない、いや感情さえない存在にみえる。ナンシー・ヒューストンがそのきわめて刺激的なエッセイ『失われた北』のなかで言っていることだが、亡命者は、その学識の豊かさを示す、たいへんな学歴の持ち主であっても、地下鉄のなかで信じられないほどペラペラしゃべりまくる、小さな子どもたちに目をみはり、羨望を抱くものだという。「聖なる言葉、それは人間の栄誉」、ポール・ヴァレリーはそう言った。この詩人はおそらく理想主義者の観点に立っていたのだろう。ここで述べているのは、つつましやかな存在のレベルのことで、亡命者は、言葉を奪われたすべての人びとの苦悩を身をもって知り、言葉というのがどれほど「存在の正当性」をあたえているかを実感するのである。

奨学金の枠内では、わたしのパリ滞在は二、三年に限られていた。そうこうしているうちに、中国の体制が変わり、いったん帰国すると二度と国外に出られないという状況が生じたため、滞在をひきのばし、この格別な機会を利用して西洋文化を徹底的に学ぼうというわたしの決意はより強固なものになった。その後、一九五七年ころのことだが、中国における知識人や芸術家たちに対する相継ぐキャンペーンと迫害により、個人的な創造がいっさい不可能になったため、いやがおうでも亡命という考えは決定的なものになった。一九五〇年代をとおして、そして一九六〇年代のかなりの期間、この強いられた沈黙から脱して、母語で自己を表現したいという、いてもたってもいられない欲求に駆られて、長いシリーズの詩作にうちこみ、人間の運命にかんする全般的な問いに結びつけるかたちで、体験した幾多の思い出を綴った。

それと並行して、ソルボンヌでわたしは文学に関連する講義をぜんぶ受けていたので、最初ははっきりした構想なしに、ついで系統的に、ヴィクトル・ユゴーから同時代の詩人にいたるまで、フランスの詩の中国語訳にのりだした。分析や解説も加えて、これらの詩は徐々に台湾と香港で出され、大きな反響を呼んだ。本として編纂されて、これらの翻訳は、幾世代もの若い詩人たちの育成に貢献したが、そこには大陸中国の詩人たちも含まれている。一九八〇年代から、これらの本を大陸においても出版し、再版することができるようになったからだ。アンリ・ミショーについて書いた長い論文は、小冊子として出版され、それはきわめて大きな影響をあたえつづけている。この仕事がわたしにとって自己学習のまたとない学校になったことは言うまでもない。そのおかげで、わたしが接近しようと執念を燃やしていた詩の深いところに入り込めたと心から思うことができた。

物質的生活の面では、フランスに来てから十一年後の、一九六〇年が決定的だった。中国研究者ポール・ドゥミエヴィルの推薦で、わたしはガストン・ベルジェが創設したばかりの未来学研究所の協力者として採用された。ガストン・ベルジェのひととなりや思考からわたしはふかい影響をうけた。彼が事故死したあと、わたしは中国言語学研究所（実践高等教育学校第六部門）〔のちの東アジア言語学研究所（社会科学高等研究学校）〕に入ったが、この学校もまたガストン・ベルジェの意思によってつくられたものだった。アレクシ・リガロフが指揮するこの研究所は、人文科学の分野でなされていたことを、わたしがゆっくりではあるが、少しずつ会得するのに格好な場所であった。当時、構造主義が支配的で、活気にあふれていた分野である。わたしの個人的な興味としては、「先導的科学」としての言語学から、詩学が発展し、さらに一般的な記号論へと広がってゆくことに、興奮をおぼえずにはいられなかった。

その時代がもっていた形式主義的な面、教条主義的な面に、今日、批判的な目をむけるのは当然だ。だが、風呂の湯とともに赤子まで流してしまわないことに同意していただければ、分析的視点からだけでも、当時の精力的な研究から生まれた多くの要素がいまやわたしたちの知的思考方法にしっかりと取り込まれていることを認めることができるだろう。それも、人類学、社会学、歴史学、精神分析学、哲学、文学批評といった、きわめて広い分野においてだ。ともかくも、わたしにとってよかったのは、中国の分野で研究をすすめる助けになる方法をその当時獲得したことだ。関与特徴、統一性と本質的段階、観察の角度、対立や相関の法則、コノテーション（共示）、象徴的目標といった概念にもとづく方法である。

数年にわたって（一九六三―一九六八）、孤独な勉学の日々にわたしは研究と考察の骨の折れる仕事にとりくみ、初唐の大詩人張若虚《ちょうじゃくきょ》（七世紀）のよく知られている唯一の作品の明瞭な分析を内容とする論文を書きあげた。この仕事が、ロラン・バルト、ジュリア・クリステヴァ、そして、ロマーン・ヤーコブソンに注目され評価されたことで、一九七〇年代、わたしが大学で教鞭をとりはじめたころ、二冊の著作をあらわした。一般的評価では、これらが中国研究の転換点を画することになったという。『中国の詩的文字』（一九七七）、『空《くう》と充実――中国の絵画的言語』（一九七九）、両方ともスイユ社によって刊行された。これらの本がひきおこした反響のおかげで、わたしは、フランスにおいて思想を豊かにした傑れた人たちと接したり、対話したりするという幸運にめぐまれた。ジャック・ラカン、ジル・ドゥルーズ、エマニュエル・レヴィナス、アンリ・マルディネー、アンリ・ミショー、フィリップ・ソレルス、シモン・レイスといった人たち。それ以前に出会う機会をえたトリスタン・ツァラ、ガストン・バシュラール、ガブリエル・マルセル。

★

ここで述べたわたしの人生の行程は、ちょうどよいところで、本書の主題にたちもどらせてくれる。フランスにやってきて二十年を経て、わたしは、あらがいがたく、フランス語に入りこんでいったという事実である。あらがいがたい、というのも、これらの著作を書きあげるためには、この言語がわたしにとって当然不可避的なものとなったからだ。この言語を特徴づけるさまざまな資質により、この言語がゆきわたらせる種々の概念により、それはわたしにとってたんなる便利な道具ではなく、より厳密な表現へ、より精緻な分析へみちびいてくれる刺剤のようなものだった。フランス語の特質を言いあらわすとすれば、「明快さ」という、あまりにも漠然とした、あまりにも曖昧な語ではものたりない。わたしに言わせれば、それは一連の要求のきびしさを本質的に内包する言語なのだ。ひとつの文章のなかで、文章と文章とのあいだであらわされる概念は、中心的主題とのかかわりにおいて一貫性をもたなければならないという要求。構文の面では、提供される多くの可能のなかから、「凝縮した」しっかりした骨格を見いださなければならないという要求。語の選択については、微妙な相違のなかでの正確さと的確さが要求される。

論理的な文章ではみごとに活かされるこれらのフランス語の資質が、詩作にうちこむ際には、少なくともわたしにとっては、逆に障害にならないだろうか。それが、一九八〇年代からわたしが直面したジレンマだった。美学にかんする評論や、過去の絵画をテーマにした論文でもって「紹介者」としての仕事をつづけながら、五十歳をむかえて、自分個人の創作の領域をふたたび見いだすときが到来していることを知っていた。わたしの内部ではけっして中断したことのない領域だったのだが。過ぎ去った年月において、わたしのエネルギーがほかのものにそそがれていたときも、じつのところ、わたしという存在の奥深くから湧きあがってくる声を詩に託していた。たいていは中国語で、けれど、フランス語で書くことが次第に多くなっていった。どちらにするかという難題と向き合わなければならない時期がきていた。著作としてまとめる目的で核心にふれることを語らなければならないのだから、ふたたび道具についての根本的な問いが生じた。「道具」という言葉はあまり的確ではない。詩は言葉を使うのではない、詩とは言葉そのものの芸術なのだ。とすれば、自分の母語に戻るべきではないか。漢字のもつイメージを喚起する力、ひらめきを生みだすのに格好な組み合わせの自在さ、そうしたものにより中国語はすぐれて詩的な言語だ。それだけでなく、わたしはいつものように台湾と香港で、たんに翻訳者としてではなく、詩人として認められはじめていた。

フランス語にかんしては、事情はもっと複雑におもえた。一見したところ、この厳格さと正確さの言語は、詩作には向かないようにみえる。ヴィヨンやロンサールのような詩人はたしかにいたが、フランス語が輝きを発していた偉大な古典主義時代においては、この言葉はなによりもまず傑出した散文作家と話術によって名声をとどろかせていた。十九世紀に変化がおこった。ラマルティーヌ、ユゴー、ボードレールを生んだ。ラフォルグ、ランボー、マラルメが口火をきって詩的言語に革命がおこり、二十世紀にはアポリネールやルヴェルディやシュルレアリストたちによって引き継がれた。クローデルやヴァレリーやサン゠ジョン・ペルスといった人たちの貢献の大きさももちろん忘れてはいけない。そうしたことから生まれたのは、柔軟で、自在性にとみ、表現力ゆたかな詩的言語である。こうした状況を前にして、わたしは選択を迫られていたのは確かだ。中国語を選ぶことはより容易な道だっただろう。中国語は自然に身についていた。中国語をはぐくみ、豊かにした詩的伝統もよく知っていた。過去の伝統を引き継いだうえで、そこに現代性の認識が生みだす要素を加えることで、新しい言葉をつくることができるのではないか。だいいち、それこそが、わたしも含めて、中国国外に住む中国の詩人たちがとりくみはじめたことだ。もういっぽうでは、わたしはフランスに住んでいるという否定しがたい事実がある。西洋の偉大な伝統を知らなかったことにするのはすでに不可能だし、わたしはべつの言語の音楽にとりまかれていて、夢のなかでも、無意識のなかでも、母語のささやきに交じって、べつの響きに動かされる秘密の言葉がはいってくるのは、いかんともしがたい事実だ。わたしは、ひとことで言えば、べつの人間になっていた、定義しようのない存在、ともかくも別の人間。身にしみこみすぎ、常套句が詰まりすぎた土壌から自分をひきはなさなければ――といっても、くり返すが、その土壌はけっして放棄されるのではなく、逆に土台となり、養分になる――、より大胆な脱皮をとげ、根本的なところから対話することはできないだろう。詳細に立ち入るのは控えるが、さんざん迷った時期を経て、フランス語での詩作に決然として身を投じた。あとから考えてみると、いまになって確かに言えることは、自分のもとの言語から離れたことはひとつの犠牲だったことにはちがいないが、もうひとつの言語と縁組したことは、その報いをあたえてくれたことだ。世界の夜明けのように、ものの名前を付け直すことに陶酔をおぼえたことが、どれほどあったことだろう。*

* 世界の朝のように、名称や記号でもって、宇宙を命名するこの歓びは、めいめいがそれぞれの仕方であじわうものだろう。この点について、わたしの孫娘が体験した生き生きした場面を語らずにはいられない。孫娘は五歳で、この年齢のたいていの子どもたちと同じように、まだ読むことを知らなかった。数ヶ月前から、両親がアルファベットにもとづく発音の体系を理解させようとこころみていた。孫娘に会うたびに、わたしもまたくり返して言っていた。「ほら、MとAで、『マ』、PとAで『パ』、JとEで『ジュ』、TとUで『チュ』、だろ」。彼女は興味ぶかげにわたしを見ていたが、いったいなんのことなのか分からずにいた。ある朝、孫娘はわたしたちと一緒に車のなかにいた。妻が運転していた。信号が赤になったとき、パン屋のところで停車した。わたしは孫娘に言う。「看板を見てごらん。書いてあるとおり読むのだよ。ブー・ラン・ジュ・リー」。彼女はわたしのあとについてくり返し、そして、ふいに理解した。少し先で、商店街を走っていたとき、孫娘は、わ

たしの助けを借りながら、ありとあらゆる看板を読みはじめた。ラ・ヴ・リー（コインランドリー）、コル・ドン・ヌ・リー（靴修理屋）、カ・フェ、フラン・プリ（スーパーの店名）。ものすごい興奮が彼女をとらえた。というのも、彼女の前に突如として、記号の宇宙が、その寛大な約束と尽きない豊かさをもって、ぽっかりと大きく開かれたからだ。家に帰ると、彼女は自分の部屋に飛んでゆき、ベッドのわきの床の上に散らばっていたおとぎ話の本をかきあつめた。昨夜まではまだ、ママにせがんで、もう二十回にもなるのに、自分と妹のために読んでもらっていた。いまや、びっくりしている妹の前で、たどたどしく、けれど嬉々として読んでいた。物語をもうそらで覚えていたからだ。突然の新発見の瞬間に、これほど直接的に居合わせたことは、人生において体験した忘れがたい感動のひとつであった。

「共生する」ふたつの詩的伝統を源泉とするわたしの詩については、あとで述べることにしよう。その前にふれておきたいのは、わたしがどのようにしてこの「新しい」言語に接近したのか、わたしの詩の基本をなすものをつちかうために、この言語からどんな豊かな養分を引き出したのかについてである。文字という側面に限って言えば、一字一字が独立して生きた単位をなす表意文字によって人間形成をしたので、わたしは、言葉のひびきや形状に特別な感受性をもっている。多数のフランス語の言葉をあっさりと表意文字であるかのように受けとめてしまう傾向がある。もちろん、表音の体系に属しているので、それは形状のうえでの表意文字ではない――とはいえ、文字によっては形状と結びつけずにはいられないものもある。たとえば、

Aは、人、Eは、梯子《エシェル》、Hは高度《オトゥール》、Mは家《メゾン》、Oは、目《ウイユ》、Sは、蛇《セルパン》、Tは、屋根《トワ》、Vは、谷《ヴァレ》、Zは、縞模様《ゼブリュール》。これらは音声表記の文字で形状をあらわしている。わたしの考えを説明するには、ぜひとも具体例をあげなければならない。めったやたらに例をあげると、退屈なものになりかねないので、わたしの詩集のタイトルからいくつかの言葉をとりあげよう。つぎの三つだ。「木と岩について」、「いずみと雲のあいだで」、「われらの夜を語る人」。言葉のもつ音の響きが詩に着想をあたえ、そしてこんどは、その詩がひとつひとつの言葉をうきぼりにする。

木（ARBRE）

この植物にあたえられた、もっとも美しい名のひとつだ。音のうえでも形のうえでも、最初の文字（AR）は上昇を表現し、つぎに上方に漂い（Bのふたつの円が均衡を保って）、それから心地よい影（BRE）をひろげる。木の生育の過程にはFという音がつぎつぎにあらわれる。fuse（生え）、foisonne（繁茂し）、se fend（裂け）または、se fond（消え去る）。

灼熱と薄闇のあいだに
幹

原初の願望が発する
樹液の香気がそこからのぼる
木立にいたり
葉むらにいたる
深々とした茂みが
至高の季節の
花と果実をはじきだす

頂上への飛翔と
深淵への回帰のあいだで
枝は微風となり
樹冠は露となる
瞬間の均衡を謳歌しつつ
いまやその名にふさわしい
木《アルブル》

岩（ROCHER）と石（PIERRE）

岩は《原初》の炎と渦をなかに閉じ込めている物質そのもの、同時に、つくりかえたいという欲求、建設したいという要求に無条件に応じてくれ、おかげで、わたしたちは定住し、自分自身をのりこえることができる。音声的には、それは、なにか包まれているもの（ROC）、みずからをあたえるもの（CHER）を想起させる。石《ピエール》は、地にころがっていて、しじゅう踏みつけられ《ピエティネ》、けれど少しも恨んでいない。石《ピエール》はわたしたちの足《ピエ》の延長だ。

足《ピエ》から石《ピエール》まで
わずか一歩あるのみ
だが、どれほどの深淵を越えねばならないのか

われらは時間に服従する
石は、不動
時間の心臓にあって
われらは言葉に束縛される

石は、不変
言葉の心臓にあって

石は、かたちをもたない
あらゆるかたちになれる
踏みつけられ
世界の苦悩を背負っている

石のさざめきは
苔や、コオロギや、雲にかわる靄《もや》の音
石は変転の道

足から石まで
わずか一歩あるのみ
約束へと
存在へと

あいだ（ENTRE）

entreという語がもつ、「あいだ」と「入る」というふたつの意味は、その発音が簡潔明瞭に示唆している。鼻母音のアン（EN）は宙に浮いていて、まるで鷲のように、ふたつの実体が存在するとき、そこにはたらく意図が敵対的であろうと友好的であろうと、その空間にできる隙間に、わずかな機会も見逃さず入り込む（-TRE）。沖気《チョンチ》という概念でとらえられる、生き物と生き物とのあいだでおこることを、中国思想が重視しているのは、周知のとおりだ。たしかに、空隙（entre）から人はなかに入り（entre）、ときには真実にアプローチする。

雲と稲妻との
あいだ《アントル》

無

ただ、野鴨の飛跡

ただ、雷光に打たれたからだが
こだまの王国へと飛んでゆく通路

おはいりなさい《アントル》

いずみ（SOURCE）

いずみ、この語の音そのものが、地中から湧き《スール》だして、流れる液体だ。どんなでこぼこの地面でも受けいれて、潤す。たえずそっとささやきつづけ、こだま《スースー》となって、返ってくる。

いずみは、われらの汚濁に耳をふさぎ
泣き言にさえ耳をふさぎ
その水泡と水玉と渦巻きで
地面を潤す

青空を雲で飾り
谷間を雨の輝きで飾り
湧きだし流れゆく、素肌の時間に
すべての叫びを旋律にかえながら

雲（NUAGE）

雲は中国人の想像の世界では重要な要素で、そこから出発して、変遷する宇宙の連鎖ができあがる。筆者の詩集『いずみと雲のあいだで』はつぎのような意味をもつ。一般的に、一方向に流れる水源は、後戻りできない時間を象徴しているが、思想家や詩人たちは、その水源の水が徐々に蒸発してゆくことを忘れていない。それは高みにのぼってゆき、雲になり、ついで、雨となって落下し、河川にふたたび水を供給する。そんなふうに、「地上の連続する線」をたえまなく分断しているのは、天─地の目に見えない循環であり、それこそが生命の真のありようを象徴している。この雲という存在は、地のものにして天のものであり、空気のようでありながら物質性がある。フランス語の雲「ニュアージュ」はきわめてニュアンスに富んだ音のひびきをもち──美しく近しい言葉──、このうえなく表現力がある。最初の音、ニュ（NU）は軽快に凝縮し、それからゆっくり広がって、空間に消失する。さらにいえば、マラルメが「重くのしかかる雲に……」という詩のなかで、「ニュ」という言葉の二重の意味をものの見ごとに結びつけたことに、わたしは感服している。裸体《ニュ》と雲《ニュエ》を融合させることで、それらを変遷の無限のなかに組み入れたことは、一中国人の心を揺さぶらずにはおかない。「裸体」と「雲」は、中国の詩的伝統においても関連づけられている。性行為をさすのに、「雲雨《うんう》」という表現がよくもちいられる。

迫りくる雲《ニュ》に
夏は透明さをあらわにする
肉体から　香気
空気の感触にもまして

廃墟の裂け目から
発する嵐のにおい
渇きはめぐみとなり
天を超える　昼のダリア

迫りくる雲《ニュ》に
地はふいに涙を涌きだす
身体に寄りそい　心に寄りそい
花びらの雨　星の陶酔

夜（NUIT）

夜はわたしの詩の中心的なテーマであるから、マラルメ——もちろん、またしても彼——の指摘はわたしにとってえがたいものだ。昼（JOUR）は《OUR ウール》という音のために夜よりも暗いひびきをもつというのだ。この逆説的な視点にわたしはまったく同感で、感性をゆさぶられる。昼は夜より明るい、それは明白な事実だ。けれど、わたしのとらえ方では、昼の明るさは否応なしにあたえられているもので、人はそのときの気分しだいで、その恩恵に浴することもあれば、耐え忍ぶこともある。ところが、夜には、人はまず闇につつまれ、ついで、現れるどんなちいさな明かりでも捉えようという気持ち——というより渇望か——にいたる。パチッというマッチを擦る音、サッととおりすぎる蛍、天蓋の奥から姿をみせる一番星……。少しでも神秘を感じる心があれば、そうしたことをつうじて、光の誕生あるいは源泉にふれるという開眼的な体験をする。そう、「神秘の夜」という聖なる表現を思いおこさせる。信仰心をもつ者は闇のなかを好むという意味ではない。おもうに、彼らのすべてが原初の状態に達したいという郷愁をいだいているのは確かだ。そこでは、たとえみずからの破滅を招いたとしても、光の噴出そのものを目の当たりにできるのだ。わたしはそれを四行詩でもって表現した。

真の光
夜が噴きだす光
真の夜
光を噴きだす夜

そんなふうに、わたしはマラルメにならって、夜という言葉を、隠された光を発する秘密と解釈する。三日月、星座といった光を発するものは、順番に姿を消してはまた現れ、まるで、夜はたんなる夜ではないことを絶えまなくわたしたちに思いおこさせているかのようだ。

夜は、ひき合わす
夜は、ひき離す
削減し
削除する
永久に窮地にある者はそこにはいない

窮地にあっても、目覚めると思いだす
というのも、夜がどんなにベールをはろうと
大海には一艘の帆船がただよっている

夜は、ふき清める
夜は、癒してくれる
思いとどまらせ
隙間《すきま》をつくりだす
いまや居場所をもたない者はいない
思いだして戻っていく居場所を

というのも、夜はみずから自分のベールをひきちぎる
ただひとつの炎がすべての星を結ぶ

ここまできて、ひょいと思い出したのが、中国で過ごした少年時代の艶美な風景を彷彿させる表現。「丘の切れ込み《エシャンクリュール》」。フランス語の音のひびきは、はっとするほどのすばやさで、官能的な記憶をよみがえらせる資質がある。中国語だとそううまくはいかない。この言語の学習が想起させるのは、生き生きしたイメージという以上のものだ。それは、わたしがフランスにきて間もないころのことだった。フランス語を読んでいたときにぶつかった語だが、耳慣れない発音で、手持ちの辞書には原義（「海岸の弓状の浸食」）しか載っていない。授業をうけている学校アリアンス・フランセーズで、休憩時間のおり、若い女性の講師にこの語の正しい用法を訊いてみた。「ああ、エシャンクリュール！　これよ……」、彼女は自分の胸もとを指さし、優雅に開いたドレスの襟ぐりを、こともなげになぞった。ぎりぎりのところまで隠れていて露出している肌。たちまちにして、わたしにとって、それは官能的含意をもつ語になった。その綴りの音声的意味に、これほど嬉しくなったことはない。エシャン（ECHAN）は、ひらいてゆくもの、姿をあらわすもの、魅了するものであり、これに対して、クリュール（-CRURE）は魅惑する謎を隠すために収縮する。その後、これに呼応するかのように、ユール（-URE）を語尾とする語を、好むようになった。その語尾は、微妙だがしっかりと引かれた秘密の跡を延長しているように思えた。エピュール（純化する）、ディアプリュール（きらびやかな模様）、カンブリュール（弓形）、レニュール（溝）、シズリュール（彫金細工）、ゼブリュール（縞模様）、デシリュール（裂け目）……。同じような理由で、けれどこれとは反対に、語尾が広がりや開きを示唆し、しかも生命に向かう意味をもつ語に愛着を感じる。ヴィザージュ（顔）、ペイザージュ（風景）、あるいは、リヴィエール（川）、リジエール（へり）、クレリエール（空き地）。そして、アンテルヴァレール（介在する）という語をもちいるとき、沖気《チョンチ》と女性原理をおもいおこし、陰門のかたちをした場所、つまり、受容し、生命をにない、変容をうながす場所がつぎからつぎへと頭に浮かんでくる。谷、小谷、窪地、峡谷。

そこから、注意が喚起され、興味が目覚めさせられてしまうため、色、香気、味わい、風貌、感触、動きといったものをあざやかに表現する――少なくともわたしの耳には――豊富な音の養殖場に浸るにいたる。それはどんな分野についてもいえることで、植物にかんするものならば、花や果実の名称、幾何学や建築学にかんするものなら、単純な形状や複雑な形状、さらには、食文化、ワイン学、香水類、オートクチュールや金物類にいたるまで。特別の価値を付与できないほど使いふるされた単純な言葉にさえ、魅力を感じないではいられない。きらびやか、光沢のある、らせん状、単色画、芳香、臭気、こりこりした、やわらかな、まろやかな、とろりとした、無頓着、敏捷な……。個人的には、わたしは「味わい《グー》」という語に愛着を感じる。というのも、この語を発音するには、喉または咽喉付近の舌と口蓋の粘膜を動員しなければならず、この部分が微妙にうごくと、口のなかに唾を出させるからだ。だから、この語から出てきたようにおもえる語なら——語源をうんぬんするつもりはまったくない——、どれも気に入ってしまう。グルマン（食いしん坊）、グートゥー（美味な）、グーリュー（大食い）、グーリユーマン（がつがつと）、グールーヤン（口あたりがよい）、アングーマン（熱狂）、デグーリナン（したたる）、アングルヴァン（夜鷹）。わたしは食道楽（グルトヌリ）で、ラグー（シチユウ）もサルミゴンディ（ごった煮）も歓迎だ。ときには、からかい（グアイーユ）半分にべらべらしゃべる（バグール）人にも、寛容な耳をかたむける。こんがらがった言葉で、そのものずばりの意味をもつ言葉もある。アンブルイヤミミ（大混乱）、アブラカダブラン（へんてこりん）、タラビコステ（気取った）、アントゥールルペット（汚いまね）、アンベルリフィコテ（丸め込む）。内的な緊張感をふくむ語もある。クラックミュレ（閉じ込める）、アルクーブテ（ふんばる）。古物商の売り台におかれた雑多なオブジェみたいに具体的にしてイメージに富んだ言葉もある。バビオル（がらくた）、ビブロ（置物）、ビルヴゼ（たわごと）、ブルロック（安っぽい飾り）、ランブルカン（垂れ幕）、ブランボリオン（安物）、バリヴェルヌ（無駄話）、ファリボル（くだらないこと）、ファンフルリューシュ（安っぽい装飾）*。

＊ 読書していて、ときどき出会うのが、フランス語の言葉のひびきを、途中で強調して楽しんでいる作家たちだ。とくに頭にあるのは、フランシス・ポンジュ、ジュリアン・グラック、ポール・クローデル。

どんな言語にも、発音は似ているが意味がまったくちがう、ときにはまったく逆の単語がある。たとえば、英語の fight（闘争）と flight（逃走）。わたしは詩のなかでしばしば予期しない効果を生むような単語の組み合わせをおこなっている。芽生え（ジェルム）—終期（テルム）、頂上（シーム）—深淵（アビーム）、分裂（フィシオン）—融合（フュージオン）、切り株（エトゥール）—広げる（エタール）、留め金（ビュトワール）—ふるい器（ブリュトワール）。この例は、もっと特殊だが、

「乱暴された菫《ヴィオレット・ヴィオランテ》（Violette violentée）
喉を掻き切られた駒鳥《ルージュゴルジュ・エゴルジェ》（Rouge-gorge égorgé）」

こうした例がしめしているのは、詩は、言葉というものを、個々別々にあつかっているのではないということだ。言葉と言葉の出会いまたは衝突から、詩は言葉の魔力をひきだす。この点にかんしては、わたしのなかに表意文字の体系がふかく刻まれていることはまちがいない。

表意文字においては、ひとつひとつの文字が、独立した生きた単位を形成していて、そのおかげで、他の文字との出会いをなし遂げる十全の能力を保持している。中国の詩的伝統は、架空の爆発によって活気づけられる空間に生まれる二語の結合や三語の結合にこと欠かない。そして、わたし自身、フランス語で書く詩において、天―地―人、陰―陽―沖気、山―河、筆―墨、雲―雨、竜―不死鳥、蛇―亀、風―砂、といった合成を導入することに喜びをおぼえる。逆に、ためらいなく複合語を切り離して、もとの意味に戻すといったこともしている。未―詳（アン―シュ）、未―聞（イン―ウイ）、不―可視（アン―ヴィジブル）、未―捕捉（アン―セージ）、合―意（アン―タント）、忘―我（エクス―ターズ）、方向―喪失（デ―ゾリアンテ）、再―認識（ル・コネサンス）などなど。

★

これまで述べてきたことから、必要ならば、再び強調したいことは、わたしはフランス語を選択し、フランス語をつうじて西洋の詩的伝統に与《くみ》したが、つねに自分の生地の詩的伝統から着想をうけつづけている。それは、負担になるどころか、年老いた忠実な乳母のように、成長へとわたしを導いてくれる。古い土壌と、わたしが育てた新しい植物とのあいだには、実り多い行き来が展開していることは、疑いを入れない。その相互浸透はすでに内面化してしまっていて、洞察力の欠如のため、さきほど言及した語彙の次元のことを除けば、わたしには解きほぐせないものになっている。けれど、このふたつの詩的伝統をかたちづくっているものはなにか、それぞれの特徴的な性格はなにか、わたしの詩に根をおろした基本的なテーマはなにか、といった問いを浮きぼりにすることは可能ではないか。それに答えようとこころみることは、おそらく意味があるだろう。そうすることで、言語の問題と密接にかかわりながら、対話《ディアローグ》についての考察の中核にとどまることができるからだ。

まず、中国に目を向けてみよう。『詩経《しきょう》』以来、ひとつの詩風が三千年にわたって連続的に発展をとげた。それは、きわめて幅のひろいジャンルと形式を生みだし、絶えまない変遷をとげてきた。その頂点をなす唐と宋の時代（七世紀――十三世紀）には、数千人の詩人をかぞえ、そのうちの少なくとも百人くらいは秀でた作品をのこしている。西洋でいちばんよく知られているのは、中国文化の三つの潮流をそれぞれ代表し、同世代に属する三人の大家である。道士の李白《りはく》、儒者の杜甫《とほ》、仏教に傾倒していた王維《おうい》。一見したところ、この三人の詩人に共通する特徴をみつけだすのは容易ではないようにみえる。しかし、記述的または叙述的性格の、より長くより広がりのある作品、さらには、空想や苦悩や憤激がこめられた叙事詩や哀歌を分析してみて遭遇する詩的脈絡、この三人だけではなく、その後に出た詩人たちにも共通している脈絡は、中国語と中国的思考の特徴を十分にとりこんでいる。省略や暗示の手法でもって、さらには、隠喩に浸ることによって、言外の意味をひびかせ、空《くう》の体験にみちびくような詩風である。それは、文字の次元についても、意識の次元についてもそうであり、その体験をつうじて、生きている宇宙のさまざまの要素との緊密な一体化へといざなわれる。そうした詩風の真髄を言いあらわすとすれば、それは、禅《チャン》の精神である。禅の精神は、インドの仏教と中国の道教のしあわせな結合から生まれたものであることを喚起しておきたい。それは、風景やものごとを語るままにしておき、不可視が居場所をもつ共感が文字と文字とのあいだに透けてみえるような詩である。

こんどは西洋に目を向けてみよう。ここにも複雑さと多様性に富んだ詩風をみることができる。けれど、歴史的事情を考慮しながらも、その基本的な作風を特徴づける表現をどうしてもさがそうとするとき、わたしはまたしてもマラルメを引き合いに出してしまう。マラルメは詩的着想の起源をたどり、「部族の言葉に」その純粋性を返すことを試み、詩、とくに西洋の詩は、「地上のオルフェウス的説明」であると主張した。オルフェウスは竪琴の奏者であり、呪文によって、岩や樹木や動物のうごきを指示し、そのことをつうじて、人間の運命を創造の秩序のなかに組み込んだ。詩人にとって、これにまさる仕事があるだろうか。ともかく、わたしには、マラルメの表現は的を射ていると思われる。西洋におけるすべてのすぐれた「人間をうたう詩人」はひたすらこの仕事を目標にしている。

いま述べたことがとくに一面的でないとすれば、わたしは声《ヴォア》と道《ヴォア》のふたつに言及したことになる。禅《チャン》とオルフェウスである。両者を分かつ相違がどれほど大きなものであろうと、わたしはそれらを結びつける共通点を見つけだしたようにおもえる。両方とも、「無に帰した」体験を余儀なくされた者の側にかかわっていることだ。オルフェウスの歌の中核をなすのは、妻エウリュディケーの死という避けがたい悲劇だ。その後、このテーマは、キリスト教の世界観によって、さらに強化された。そんなわけで、さらにその後、ゲーテは「死ね、そして生成せよ」という簡潔な指示を発するにいたるのだ。中国にかんしていえば、さきほど言及したように、詩的過程は、存在そのものを範としていて、道士や仏教徒においては、虚《きょ》と無《む》を経験しなければならず、儒者においては、虚心《きょしん》を経験しなければならない。ものごとの真の源泉に到達するには不可欠な体験であり、気は、その土台において、無を有へとたえまなく移行させている。この点にかんして思い起こされるのは、唐代の禅僧、臨済《りんざい》義玄《ぎげん》や、宋の禅僧、青燈《せいとう》の教えである。青燈は、知覚と認識の三段階を単刀直入な仕方で表現した。

山を見る
見るのをやめる
ふたたび見る

第一段階では、わたしたちの眼前に姿をあらわす山は、見馴れた外観で、その存在の神秘がどこからくるのかも、山との隠れた絆からどんな豊かさを引き出せるのかも考えさせることはない。第二の段階では、人は暗がりのなか、さらには見えない状態にある。内面から他者の存在を見ることをおしえてくれる第三の目をはたらかせ、その他者をかたちづくっているものをみきわめ、それとともに、自分自身をかたちづくっているものをみきわめなければならない。第三段階に達すると、主体はすでに対象と向き合っている状態にはなく、他者のなかに入り込み、主体と対象とは相互的生成、存在と存在との行き来となる。ふたたび見ることは、ひとつの天啓であり、それによって、真の生命《いのち》の目的は、支配ではなく交感であることを思い起こすのだ。存在は、当然なもの、当たり前のものとしてとらえることができないものとして、すべてをはこぶ。存在すること、見ること、歌う能力を得ること以前に、一種の原初の滅却を知らなければならないのである。

一見して共通する点を指摘したのだから、こんどは当然、その相違を強調すべきだろう。西洋では、オルフェウスの神話は、さきほど言ったように、キリスト教の世界観《ヴィジョン》と結びついた。離別の感情に、失墜の感情が加わる。復活の希望は先送りされているかのように、時の最後に位置している。個人のなかで悲劇的なものに対する意識はきわめて強く——詩人においてはなおさらだ——、意思にもとづく行為によって、つねに未完のままの願望、言いあらわしたいという満たされない願望を持ちつづける。そこから出てくるのが、探求という不変のテーマだ。探求は、中国の詩的伝統に存在しないわけではないことは、名が知られている最初の詩人（中国のダンテともいうべきか）、屈原（紀元前三世紀）が創った楚辞《そじ》がしめすとおりだ。誹謗中傷によって国を追われて、彼が遺した長い詩「離騒」は、現実であると同時に精神のものでもある探求をうたっている。彼は汨羅江《べきらこう》に身を投じて命を絶った。けれど、幾世紀にもわたるその継承者たちがしめしているその流れにくわえて、展開された大きな潮流が禅である。そんなわけでこの流れがとくに重視するのは、時間を超えた一瞬の天啓、遁世と空《くう》によって得られる天啓、つまり、自己に執着しすぎている主体の滅却によるものだ。そのとき、人は、生きている宇宙に、外面ではなく内部から合流することができる。というのもこの世界観に与する者は、生きとし生ける者のすべてに魂をあたえる原初の息吹を信じているからだ。この大きな律動のなかに入ることは、宇宙の流れのなかに入ることだ。つまり、生命の約束の根源となる原初の状態と合体すること、この世の簡素なものを糧として生きるのを受け入れることだ。つぎの比喩に富んだ表現がしめすとおりだ。「水をはこび、木を切るという慎ましやかな所作のなかに生命《いのち》の豊かさをあじわう」

二十世紀初頭、西洋のひとりの大詩人が、キリスト教の基底から出発し、長い探求をつうじて、イスラム教と仏教の精神性にせまった。直感と考察とを重ねあわせて、この詩人が晩年の作品において到達した世界観は、中国の一部の大詩人が目ざしていたものと、不思議なほどよく似ている。もちろん、この詩人が創造の神秘について示している理解は、まったく個人的なものであるが。ライナー・マリア・リルケのことである。『ドゥイノの悲歌』において、実存の悲劇のさまざまなかたちを扱うテーマを通り抜けたあと、彼が「第九の悲歌」のなかで言い切ったことは、地上におけるわれわれの任務は、不可視になる夢をけっして放棄したわけではないが、この世の単純なことがらに名をあたえることだった。「おそらく、われわれがここにいるのは、家、橋、泉、扉、水差し、木、果樹、窓、さらには、柱、塔……、そういったものに名をあたえるためだ。そのもの自体が自分の内面にいると思ったことのないものを、口に出して言うためなのだ」。心の奥で、この詩人は、ほんとうに言うということは、生きることの始まりだと確信している。そして、歌うことは、存在することなのだ。『オルフェウスへのソネット』で、リルケは冒頭から、息吹の第一義性を主張する。息吹によって、アポロンが、天使が、あるいは詩人が、生と死とのふたつの王国をたたえながらつなぐのだ。生命《いのち》はわたしたちに数々の苦しみをもたらすが、大地と季節が生みだすすべての良きものは、有限から無限へ、可視から不可視へといたる道にみちびいてくれるのだ。かくして、最後のソネットで――その重要性は十分に強調されていないが――、この詩人は疑念から解き放たれた調子で、わたしたち一人ひとりを、変転の流れのなかへといざなうのである。

多くの遠方を知る静かな友よ　しっかりと感じたまえ
君の息がなおも空間を増殖させてゆくのを
暗い鐘架の木組みの中で
その身を鐘と鳴らしたまえ　君を食い尽くすものは

その栄養で強い存在となるのだ
変身の境を出入りしたまえ
何が君の一番苦しい経験だった？
飲むことが苦ければ　ワインになりたまえ

この過剰から成る夜になりたまえ
君の矛盾の心の十字路に働く魔の力に
ふたつの心の珍しい出会いの意味となりたまえ

そして君のことを現世が忘れていたら
黙っている大地に言いたまえ　私は静かに流れると
早い流れには言いたまえ　私はここに在ると

〔助廣剛訳〕

リルケや他の詩人たちにつづいて、概括的に「存在《エートル》の詩人」と形容されている人たちの集団に、わたしはつつましく、だが確信をもって仲間入りする。この人たちにとって、詩とはただたんに、内面の吐露を渇望する個人の感情や意識の状態、飛躍、後悔、苦しみ、歓びを表現する場ではない。詩とは、わたしたちの謎をそれ自体に秘めている言葉というものを手段にして、創造された宇宙と人間の運命の神秘を捉え、知ることと存在することの可能性を前進させようとする。わたし自身の場合、個人的な郷愁に浸って、お定まりの詩、つまり「極東の魅力」をそなえた、削ぎ落とした短い詩をつくるという、安易で直接的すぎるアプローチを追求したりはしなかった。それが、おそらく、わたしに期待されていたことなのだろうが。あらゆる風、とくにわたしを迎え入れた地の風に心をひらいて、わたしは影響をうけ、変容を遂げた。オルフェウスとキリスト教の声のひびきに呼応した。未知の力がわたしのなかで成長してゆき、過去との絆というよりも、これから生じようとしているものとの絆を結びなおそうとするあの「巡礼」、あの「探求」へと、わたしを駆りたてた。二〇〇一年の十月から十一月にかけて、パリの「詩の家」は五週間の公開講座をわたしにゆだねた。毎週、わたしの五冊の詩集の一冊がとりあげられることになった。わたしはとっさに、全体のタイトルとして、「生きているものとの対話」を提案した。自分の詩がたしかに対話という語でくくることができるものであることに気づくのは難しいことではなかった。「創造」の体系において、人間が言語の存在となり、名づけること、さらにそれにもまして、対話することがその任務そのものとなったのは、偶然ではないと確信しているからだ。それも、微細なものから超越的存在にいたるまでの、あらゆる次元の生き物との対話である。普遍的なかたちをとる対話では、わたしたちの存在の悲劇的な面がつねに考慮の対象となる。たとば、二部から構成される（「ある日、石たち」と「木が語った」）わたしの最初の詩集『ふたつの歌』は、微細なものとの対話である。次の詩集『トスカーナ詩篇』は、ひろがりのある対話、わたしたちをささえている大地、ジョン・キーツの表現を借りれば「魂が芽吹く谷間」との対話である。『三十六の愛の詩』のほうは、人間の熱情との対話だ。『われらの夜を語る者』は、わたしたちの存在の神秘的側面をさぐろうとする。いちばん新しい『沖気の本』が「追跡」しているのは、生きているもの同士のあいだに、生命の方向――可視から不可視へ、有限から無限への上昇にかかわる――に生まれるすべて、その中間に生じて、開かれたものにみちびくすべてだ。「太陽のしたに新しいものは何もない」というのは事実だが、「あいだに生まれる」もののおかげで、すべてはつねに新しいからだ。わたしの詩における対話《ディアローグ》は、「問い―答え」という紋切り型のものでないことは、お分かりいただけただろう。それは、「共通の存在」――こんどはルネ・シャールの表現を借りれば――であり、終わりのない交感として、たちあらわれる。その詩には、内省的な考察は不在ではないが、あくまでも官能的なもので、知性的なものではないことをお分かりいただけたことだろう。歌や韻律の概念はある程度重視されている。だがそれは、「古典の物差しの単調さ」への回帰を意味するものではない。きわめて多数の詩人を翻訳したことで、わたしはフランスの作詞法がよく分かるようになった。けれど、中国の詩でもって教育をうけたため、わたしは律動する呼吸に、愛着をいだく傾向がつよい。たとえば、ひとつの音節をもとにして、奇数の音節と偶数の音節を交互させたり、組み合わせてみたりする。音のひびきに関しては、フランス語の音楽をききとるだけの耳のよさはもっていると思う。子音がかもしだす響きには、飽きがくることがない。弦をはじいたときの明瞭な音色《ねいろ》、石を彫るときのすっきりした弾力をもつ音調、銅を打つときのにぶい響き。母音の連鎖が生む魅力も捨てがたい。幾重もの迷路を生き生きと流れる水のさざめき、あるいは、ゆったりとすぎゆく大河の音。*

* かならずしも直接的な関係はないが、ここでわたしの頭にふいに浮かんだのは、ランボーの有名な詩句だ。とくに心を動かされた詩。「おお、季節《セゾン》、おお、城《シャトー》」。わたしにとって、この詩句の魅力のひとつは、ふたつの名詞のあいだにあるコントラストだ。「セゾン」の特徴は、母音がきわだった女性的な資質であり、「シャトー」のほうは、子音がきわだっていて、はるかにかっちりしたひびきがある。あいかわらず音声的観点だが、意味のうえでも、セゾン（saison）は、循環する時間を想起させ、それは果実のように丸い囲いの先端にたっする。いっぽう、シャトー（château）が思いおこさせるのは、遠くへと延びてゆく空間である。延長の印象は、「オー」の音で強調され、「トー」となってこだまする。ここでのシャトーは、したがって、厳重に閉鎖されて、護られてい

る建造物ではないだろう。それは、むしろ、外部からの侵入にさらされ、生い茂る雑草がはびこる古い建物を喚起させる。この詩句がかもしだす無限の郷愁という思いは、そこからきている。

わたしがいまこれを書いているのは、二〇〇二年三月、フランス北部モン・ノアールの作家の家だ。野鴨がちょうどよいときに運んでくる伝言のように、カナダの読者ブリジット・ブルニヴァルが、わたしの詩を読んでこんなことを書いてよこした。「あなたの詩に、この言語のもっとも鋭利なところと、もっとも暗示的なところに関する認識をみることができる。一つひとつの音節が、あなたの筆のもとで、言葉全体を喚起している。まるで、あなたの母語が、わたしたちの言語をその語のひびきそのもので表現させているかのように。わたしたちは、あまりにも論証的なまわりくどさで、そのひびきを聞こえないものにしてしまっている。」

★

一九八〇年代の終わりころに、わたしがついに小説の執筆にのりだしたとき、言語の問題はどうだっただろうか。というのも、文学の中心を占めるこのジャンルにいつかはたどりつくものと、ずっと以前から確信していたからだ。「人生のかずかずの断片」を自分のなかにあふれるほど抱えこんでいて、反芻《はんすう》しつづけてきたので、それらを受けとめ、より持続的で説得力のある内容に生まれかわらせるかたちで、吐露したいという欲求を感じないではいられなかった。

詩とは異なるかたちで。なによりものごとの真髄を捉えることを目ざす詩が、わきにのけておく、現実に体験したたくさんの要素は、しあわせなものも悲しいものも、時間のなかにちりばめられ、それぞれの打ち明け話を秘めている。わたしが小説にやってきたのは、しかしながら、高齢になってからであり、それまで、ほかのことに努力を傾注していた。それに、小説を書くということは、表現の手段を可能なかぎり完璧に自分のものにしていなければならないこともわきまえていた。ここで、言語の問題がふたたび出てきた。それならば、わたしの場合は、自分の母語に依拠するほうが簡単ではないか。最初の小説『ティエンイの物語』では、物語の大部分が中国で展開されるし、二作目の『永遠も長すぎはしない』は十七世紀の中国が舞台だ。わたしがあくまでもフランス語を使うことに執着した理由は、詩の場合と同様だが、おそらく、いっそう切実なものだった。こうした理由の基底をなすことがらを挙げてみよう。まず、つぎのことがある。最初の小説は主として中国でくりひろげられることは確かだが、無視できないかなりの部分はフランスとヨーロッパを舞台とする。同じように、二作目の小説では、十七世紀の中国社会のまっただなかに、ひとりの西洋人、イエズス会の最初の宣教師の出現を目の当たりにする。この人物の言葉が、主人公の精神的変化に影響をあたえる。さらに、小説のなかで語られる人物や出来事は、現実のものであれ架空のものであれ、長い年月のあいだに記憶によって再考され、つくり変えられたものだ。しかるに、その記憶のしごとだが、それをわたしが成し遂げたのは、自分の日常の言語となり、目覚めていても夢のなかでもけっして姿を消さないフランス語をとおしてだった。この言語は、遮蔽になるどころか、大きな視野でものごとをとらえ、距離をおくための条件をわたしにつくりだし、紋切り型や出来合いの文言におちいる危険を回避させてくれた。このいわゆる借用言語は、わたしにとって現実にはメタ言語になった。いわば「超越的」な視線をあたえてくれる言語で、その視線のもとで、苦悩、不条理、深淵から引きあげられた個人や集団の惨劇が明るみにだされ、光をあたえられ、より普遍的な規範と暗黙のうちに結びつけられて、そうしたことによって意味あるものとなる。ラファイエット夫人から、スタンダール、フロベール、プルーストまでの作家たちの系統に象徴されるように、この言語は分析的な文学を担っていることを、ここで説明する必要があるだろうか。わたしがフランス語をつかうことにした最終的理由、しかも、ちょっとやそっとの理由ではない。わたしの小説を「叙事詩」になぞらえる批評家や読者もいる。この表現を拒絶するつもりはない。詩の創作をつうじて、この言語の音楽を、自分なりに体得していて、さいわいなことに、そうしたものを小説の文章にもとりいれている。

わたしがたどったさまざまな行程を語り終えたところで、容易に分かっていただけるだろうが、わたしの知的生活に刻みつけられたのはふたつの情熱だった。ひとつは対話《ディアローグ》に対する情熱、もうひとつは、まさしく対話の最大の手段である言語にささげた情熱だった。このふたつのうち前者は、受容し吸収する努力をつねにわたしに強いた。後者にははるかに多くの試練がちりばめられていて、落胆や失望やバランスを失う危険の要素をふくんでいた。だが、そんなことを後悔することなど、どうしてできるだろう。そこから出てきたものは、苦労に十分に報いてくれた。その道の果てで、あるかたちの充実感があたえられた。かりに、わたしが自分の母語にとどまっていて、「大学でおこなわれる」タイプの道具としてフランス語を学んだとすれば、わたしは、フランス文化のあれこれの側面の「専門家」になっていただろう。けれど、それはまったくわたしに向いていなかった。フランスの詩人たちを中国語に翻訳したことを、「専門家」の仕事とみなすならば、話はべつだが。フランス語に全身全霊をそそいだことで、自分の過去をかたちづくっているものから、自己を離脱し、個々が独立している表意文字から、連結型の表音文字への移行という、きわめて大きな差異をのりこえなければならなかった。この離脱、この差異は、途中で自分を失わせることなく、わたしにふたたび根をあたえてくれた。わたしを迎えてくれた地においてだけでなく、亡命者にはそれだけでもすでに過分なことだが、まさしく、存在のなかに根をあたえてくれた。その新しい言語によって、もういちどくり返すが、わたしは自分自身の過去の経験をもふくめて、あらたにものごとを名づけるという行為を成し遂げたからだ。わたしの過去に、最初に糧をあたえたのは母語だが、その控えめで忠実な老いた乳母は、じつのところ、自分が育てた子供、守った少年をけっして見捨てなかった。決定的な出会いのおかげで、大人になったその子どもは、他の言語と結ばれたが、乳母はつねにそこにいて、いつも見守ってくれ、すばやく助け船をだしてくれる。いまや、他の言語が棲みついていながら、内的対話は途絶えることなく、地下で交わる水流にいる人間は、つねに自己でありながら、自己でない者、もしくは自己の前を行く者でありつづけるという恵まれた状況を生きている。ものごとと遭遇するとき、彼は「重層音響《ステレオフォニ》」もしくは「重層映像《ステレオスコープ》」によるアプローチを享受しているような感覚にとらわれる。その視野は必然的に多次元のものとなる。

★

ここまできたところで、わたしの話に終止符を打つこともできるだろう。けれど、どうしても語らずにはいられない考察がひとつのこされている。言語の冒険をこえたところで、わたしたちの視線を、文化の交流全体にかかわるよりグローバルな問いかけに、ふたたび向けるべきではないだろうか。「ふたたび」と言ったが、それはただ、わたしの立場、または立脚点を明らかにするために、最初に述べたことに立ち戻ることである。つまり、古代中国の思想家がとなえた、変遷する有機体としての宇宙の統一的な考え方に依拠することで、この宇宙の生きているもの同士のあいだにおいて、そしてまたそこから生じるさまざまな文化的産物のあいだにおいて、伝達と循環が可能であるという信頼感——甘すぎるかもしれないが、抜き去りがたい——をはぐくんでいることである。

おそらく、どんな高度な文化も普遍性を志向するにちがいない。文化というものが存在するのは、普遍的次元に属するさまざまな問いに答え、それによって人間がともに生きることを可能にするためだからである。しかしながら、どんな文化も固有性をもっていることをどうして否定できようか。特定の地理的、歴史的な条件から出発して、文化がつくりあげるのは、集団の生活を可能にするような機構と渇望である。文化は時代とともに変遷をうける。その発展のある時期に、転機をむかえ、ついである方向をとる。当然のことだ。変転の連続的な過程こそ道の特性ではないか。ひとつの文化の特異性は、けっして普遍性と対立するものではない。逆に、文化の名にあたいする文化の理想は、当然ながら特異的な視点と感受性をベースにして、「生命《いのち》」と「人間」が潜在的にもっているすべてのものを享受することだ。たとえていえば、地中に根をはった植物が、いったん大気のなかでの存在が確保されて空に向かうと、必要とされる陽光や雨や風をとらえることにも、生命に欠かせない潜在力として「創造」が提供するものすべてをうけとることにも、なんの制約もくわえない。だが、これに対して、特異性が、最終的なかたちに固定され、それ自体が目的として確立されると、その文化はたちまちにして萎縮し、ついには窒息してしまうだろう。この論点を例証するのに、比較の素材として植物のイメージを引き合いにだしたのだから、さらに森のイメージへとつないでゆくことにしよう。ひとつの森のなかにはいくつもの小道がある。そこに分け入る人はそのうちのひとつを選ばなければならず、それはひとつの方角へとみちびく。その人はすべての小道を同時にたどることはできない。時を経て、ある日、森全体を、森が隠し持っていて、約束してくれるすべてを知ることになるかもしれない。とはいえ、いたるところに同時に居合わせることは不可能なので、一刻一刻、それぞれの場所で、たえまなく新たにおこる奇跡をいつも見逃すことになるだろう。

他の人たちが他の小道をたどることで見たこと、体験したことを知るのは大切だ。他の展望、世界に向き合い、帰属する他の方法、生きるための他の可能性。死滅の危機をおかしてまで、高度な文化は本能的に自己を刷新し、変革を遂げようとする。自分にとって有用な他者の寄与から糧をえて、自分の魂を失う者はいない。魂、このアニマの根源は、結びつき、結びつき合う能力にほかならない。経験から知っていることだが、人は、他者の最良のものを知ることによってこそ、自分自身の最良のものを知ることができる。自己の最良のものは、他者の最良のものと接することによってさらに開花する。このことについては、具体例をあげることができる。わたしの著述のかなりの部分は、中国における美意識や芸術をあつかっている。数々の論文をつうじて、わたしは、中国の絵画全般、そして、とくに何人かの大家をフランスの読者に知らせる役割をはたした。けれど、十四世紀から十五世紀のイタリア・ルネサンスの偉大な冒険を発見してはじめて、わたしは、この冒険に匹敵するものを中国にみつけだしたいという思いをいだいた。それは、当時のわたしにとって、八世紀から十三世紀の中国の絵画芸術の再発見だった。両者の絵画を知ることで、その相違を比較し、さらに対話させることができ、そしてたどりついたのが、セザンヌという名匠、中国の近代絵画と西洋の近代絵画をつなぐ架け橋になりうる人物だ。同じように、ロマネスクの教会やゴシックの教会のタンパンを飾る彫刻を発見することによって、わたしは、北魏《ほくぎ》（五、六世紀）の仏像彫刻を再発見した。

この叙述の最終段階にあって、最初は中国思想で人間形成をした者が体験した、思想の次元での西洋と中国との対話の可能性にかんする一、二の見解を紹介したい。紙幅もかぎられているので、おおまかな論述にとどめざるをえない。ものごとを概括的に、あるいは、「単純化して」話すと、自分が言わんとすることをゆがめてしまう危険をおかしかねない。だが、その危険を受け入れよう。わたしの意図は、なににもまして、全体的な考察に寄与することである。要するに、真の交流には、対話者たちの率直な精神状態、いわば、構えていない状態にあることが必要だ。耳を傾けたいという気持ちや、知ろうとする努力、つきつめていえば、予期しなかった分かち合いや、思っていなかった変容を触発するものであれば、たとえ部分的な理解でも有意義だ。

思想の分野で西洋が獲得したすぐれた知見は、人類全体にとっての恩恵であることは、疑いをいれない。なかでも、非西洋圏のすべての国がとりいれてしかるべきものとして、わたしはとくに二つの概念に注目している。「主体」という概念、「権利」という概念である。二元論の論理——主体と客体との分離、そして、第三者の除去——により西洋の思想家たちは、ギリシア人にはじまるものだが、人類を他の生き物の世界と分離し、そのおかげで系統的な観察と分析をなしえた。のちになって、人間たちの内部そのもののなかで、考える主体という、独立した存在を切り離した。さらにその後、その主体の地位を護るために権利の諸規則をつくりあげた。わたしが自分の出身地の国民に目をむけるとき、この国が真の近代化にむかって進むために、こうした概念がどれほど不可欠な寄与となるかが見てとれる。中国思想が人間についての問いを提起しなかったという意味ではない。それどころか、中国思想は、人間を尊厳の高みにいたらせ、生きているものの世界においてそれぞれの人が占める場とその責任をとなえた思想に属する。それを証明するのは儒教の三才、天・地・人であり、「己《おのれ》立たんと欲して人を立て」という孔子の教えである。道教は、人間の自由についてのより徹底した見方を生みだした。しかしながら、なにかが欠けているように思われる。おそらく、この思想には、周囲の環境から人間を十分に切り離し、その特異性にかかわるすべてのことを徹底的に探究し、とりわけ、その存在の十全性と唯一性を保障するということをしてこなかったのではないか。現代の知識人の大部分は、この欠落を自覚している。彼らは「二者という面での欠陥」をうんぬんする。二者というのは、主体に対する客体、主体に対する他の主体のことである。だが、もういっぽうでは、中国人は、仏教徒やイスラム教徒になろうが、マルクス主義者やキリスト教徒になろうが、中国思想の奥底からくる基本的な要素を放棄しようとはしないようだ。その要素とは、三者とよぶことができるものである。前に述べたように、この思想によれば、全体的な宇宙観は、「気」という考えに依拠していて、気は三者でもって機能する。くり返しになるかもしれないが、三つの気があり、それらは結びつきあって作用する。陰《イン》、陽《ヤン》、沖気《チョンチ》である。沖気もまたそれ自体が気であり、陰と陽があるところに存在する。沖気は不可欠だ。それは生命が循環する場であり、陰と陽をひきよせ、相互作用と相互変遷の過程へとみちびく。沖気――儒者は「中庸」という考えで表現する――は本質的に三者であり、二者から生まれ、二者が自己を凌駕することを可能にする。中国思想は、主体は他の主体によってのみ主体たりうることを確信していて、二者をのりこえながらも担うことのできる唯一のもの、三者の必要性を理解した。これこそが理想的な構図だ。ただ、問題は、三者は二者から生まれるのであり、真の二者があってこそ、真の三者は存在しうることだ。真の二者の条件をつくることができないため、とくに人間の領域では（自然にかんしては、中国は豊かな経験をもっていることを忘れるべきでないだろう）、真の三者はしばしば潜在的なものにとどまっている。中国が西洋から学ぶことがいかに大切か、お分かりだろう。

逆に、西洋はきわめて長期にわたって二者の思考様式を優先させ、実践してきた。二者は三者について考察する、あるいは再考する状況にあるだろうか。たんなる神学的次元からの考察ではなく、実生活のささいな領域にいたるまで、すべてにわたる思索。というのも、西洋が自律的な地位にひきあげたその主体は、度を越した個人主義にゆきつき、すばらしいには違いないが――少なくともそのナルシスト的な鏡に映った姿は――、ときにはふしぎなほどの脆さを露呈する。自己が属する創造された宇宙との結びつきをもたず、いわば原初の根から切り離されているからだ。その個人について、その意識や願望を、そして、自己のまわりをまわっているうちにますます複雑化したその観念を、いわゆる人間の科学がすみからすみまで探索した。けれど、じつのところ、その個人は、生きている世界を征服の対象または舞台装置に「還元する」能力を有する根なし草、孤独な人間なのだ。「つねに向き合っている。交感もなければ、相互信頼もない」」、リルケはそう嘆いていた。

ヘーゲル、ニーチェ、フッサール、レヴィナスといった傑出した人物をなおざりにするつもりはないが、詳述するには紙面がゆるさない。ただ言っておきたいこととして、わたしのささやかな見解では、彼らの功績はなお、二者に付きまとう問題に支配された見地にとどまっている。メルロ゠ポンティやマルディネーはわたしにとってははるかに近く感じられる。現在、価値ある仕事をしている思想家たちが発する数々の声が聞こえている。彼らがわたしに同意している、いやむしろ、わたしが彼らに同意しているのは、つぎの点においてである。居合わせる対話者たちが、生命《いのち》の要求にしたがって、真なるものと美なるものをともに追究しようとすれば、唯一の価値基準である三者は、二者から生まれ、それぞれのもっともすぐれた部分をひきだすもので、それこそが、彼らが謙虚に受けいれることのできる、唯一の超越性なのだ。真の三者――中立的立場でもなければ、通り抜ける一陣の風でもなく、二者のまがいものにすぎない妥協ではなおさらない――は、真の二者が存在しないかぎりありえない。けれど、三者が存在するとき、それは、開かれたもの、無限のものに向かってゆく正真正銘の道なのである。

つぎの指摘を、わたしの所見の補足としてつけくわえたい。物体の次元でなら、客観的事実をかならず検証できる定理をつくることができるが、これに対して、生命の次元では、生じたことのすべては、つねに出会いの結果である。主体と主体の出会いや、主体と現実の出会いであり、それはそのつど独特なものだ。プラトン哲学の三つの徳をとってみよう。善はつねに現実的で個別的な関係とかかわりあっている。その関係は内容を有し、そのつど特異的なものになる。生命の真実についてもそれは同じだ。美なるものについても同じだ。現出させられないかぎり、真の美は存在しえないからだ。たとえば、セザンヌの絵画によって現出させられた美は、この画家とサント・ヴィクトワール山との決定的な出会いの結果だ。しかも、その出会いは多種多様な次元でなされている。まず、山の側からすれば、山を構成しているさまざまな要素のあいだの関係。内部からの地質的突出、重層する岩の連鎖、風になびく植物の波、時間によって変化する光。画家の側からすれば、その時点での自分の状態と、それまで受けとめ、生きてきた体験とのあいだの関係、自分の個人的な視点と、人生の道程で出会ったすぐれた創造者たちの視点とのあいだの関係。そんなふうにして、人間と山との相互作用が生みだされるのにふさわしい機が熟すのである。シェリングがすでに考えていたように、真の作品は深いところでの交換という代価を払ってはじめて実現するものなのだ。実現するものは、まさしく二者から生まれ、二者を凌駕する三者である。したがって、セザンヌの成し遂げたことは、ほかの人の場合も同じだが、彼自身にあるのではなく、彼の前方にあるものだ。彼を啓発し、変化させることのできる他の存在に向かってゆく気持ちがおきたときに、達成されるものである。

わたしはうたがわない、現在進行している危機にもかかわらず――わたしがこの結末部分を書いているのは二〇〇二年四月だ――、フランスは、理性と知恵をそなえた多くの無名の人たちにわたしが出会えるところであり、実際にそうした理想をめざす思想が開花し、伝播しうる場でありつづけていることを。

書道について

中国の文字は表意的で、膨大な数の漢字からなることは、知られている。大きな辞書に含まれる漢字は数万にたっしうる。けれど、常用に必要なのは、三千ほどだ。漢字には、いくつかの線で構成される単純なものもあれば、複雑なものもあるが、一般的にふたつの部分からなりたつ。辞書では、二百十四の部首にもとづいて分類され、並べられている。これらは「偏」ともよばれ、たとえば、火偏、水偏（さんずい）、木偏、獣《けもの》偏、手偏、立心偏などだ。それぞれの偏は漢字の構成要素をなしていて、ものごとが属するカテゴリーをしめすものとされている。たとえば、「河」という語は、さんずい（水偏）を含む。「樅《もみ》」は木偏、「持つ」は手偏であり、「愛」には、「こころ」が含まれている。

これまで説明してきたことをふまえれば、ここに記した表紙の文字が理解しやすくなるだろう。これらは二つの漢字で、中国語を意味する「漢」と、フランス語を意味する「法」を結合

させたものだ。この結合が可能となったのは、喜ばしい偶然から、両者とも同じ偏、つまり「さんずい」という、三つの点からなる偏を左側に有しているからだ。なぜさんずいなのか？中国語を意味する漢は、「ハン」と発音するが、それはもともと河の名に由来するからだ。フランス語をしめすのにもちいられる文字は「ファー」と発音し、「法」を意味する。というのも、古人の目には、生き生きと流れる水は自然の法則を具現しているようにみえたからだ。ここにしるした書のなかに、重なり合った中国語＝フランス語は、おなじ偏を分かちあっていることが容易にみてとれるだろう。このように結びつけられた文字は、「地下で交わる水脈にいる人間」をみごとに象徴している。

最後に、書道とは芸術的行為であることを指摘しておきたい。気の概念――中国思想の土台――を基礎として、太さと細さ、厳密と優雅を最大限に活用し、直線と曲線、点在と構築のコントラストを活かした、線の芸術である。究極の目的は、ひとつの中心に組織された線の集まりとしての一つひとつの文字が、律動的な響きに活気づけられる官能的存在にいたることである。ここであげた文字の場合、左側の部分は、三つの点で、点在の構造、右側の上部は、交差する斜線、下部は、水平の線と垂直の線の交差。この全体は、話している顔をかたちづくり、右下の最後の点がこだまの尾をひかせているようではないか。

縁組した言葉で作家になること——フランソワ・チェンに訊く

辻由美

パリ五区にあるフランソワ・チェン宅はすぐに分かり、約束の時間より三十分も早く着いてしまった。道に迷うことを計算に入れて家を出ても遅刻してしまうほどの方向音痴のわたしにしては、出来がよすぎた。そんなときほど時間が長く感じられることはない。

その日わたしは朝から緊張していた。一週間ほど前に電話で打ち合わせたとき、「録音はしないでほしい」と念を押されたからだ。「録音されていると思うと、それだけで硬くなってしまうのですよ」、フランソワ・チェンはそう説明した。『ティエンイの物語』を訳出しながら、たぐいまれな筆力に深い感動をおぼえた作家に、録音なしでインタビューするのは不安だった。

フランスの友人がこんなアドバイスをしてくれた。「薄手の大型ノートと、書きやすい太めのボールペンを買ってくるのよ。一語ももらさないぞ、という意気込みで、とにかく書きなぐるのよ。終わったら、すぐ近くのカフェに飛びこんで、記憶が真新しいうちに、文章をととのえればいい。だいじょうぶ」。わたしは彼女の助言どおりノートとボールペンを買った。

ようやく時間になって、ベルを押した。ドアを開けてくれたその人を見て、意外な思いがした。写真から感じられた威厳というか、重厚というか、そんな雰囲気はどこにもなく、温和でソフトな感じのアジア人なのだ。「録音なし」というくらいだから、きっと気難しいにちがいないと想像していたのだが、そういう様子はまったくない。

わたしが差し出した日本語版の表紙を見て、フランソワ・チェンは感嘆するようにつぶやいた。

「美しい」

そして、こんなことを打ち明けた。

「この小説のタイトル《Le dit de Tianyi》は《Le dit de Genji》からヒントを得てつけたんですよ」

『源氏物語』のフランス語訳のタイトルはもちろん知っていたが、それがフランソワ・チェンに着想をあたえたとは思ってもいなかった。翻訳書のタイトルは、訳者にとっても編集者にとっても難題のひとつで、評論家の批判のターゲットにもなるが、「ティエンイの物語」はこれ以上ありえないほど、ぴったりしたタイトルだったのだ！

日本国内にいるとさほど意識しないが、海外で中国人に出会うと、ある種の親しみを感じることがある。漢字はかつて東アジアで広く使われていたが、いまや、特殊な場合は別として、日常的に漢字を使っているのは、中国人と日本人だけだからだ。漢字は会話の糸口をつくるのに格好なテーマなのである。初対面のフランソワ・チェンとの最初の話題はやはり漢字だった。「漢字を放棄しなかったのは、わたしたちだけですよ」、ちょっと冗談めかして、わたしがそう言うと、彼は真剣な顔でうなずいた。「日本人は漢字のもつ造語力を利用して、西洋の抽象的な概念を自分たちの言葉に翻訳することに成功しました。日本人がつくった翻訳語はそのまま中国語に導入されて、中国語の近代化に寄与しました。いまになって、漢字を放棄すべきではなかった、と言っているアジアの知識人は少なくありません」。現在あたり前のように使われている「社会」「哲学」「共和制」といった多くの言葉が、明治に生まれた翻訳語であることは、日本でもよく知られている。

フランソワ・チェンになによりも訊いてみたかったのは、「言語」についてだった。

フランス語と中国語という非常にかけ離れた言語を所有するようになったのは、人生の偶然だった、とフランソワ・チェンは書いている。母語である中国語に対して、フランス語は彼にとって「縁組した言葉」なのだ。二十歳そこそこでフランスに来たとき、彼はひとこともフランス語を知らなかった。だが、フランソワ・チェンの文学的創造の手段となったのは、「縁組した言葉」のほうだった。

フランス語との出会いは、彼にとって「言葉の不思議」の発見だった。母語の空間のなかにとどまっていたときには、言葉は誰にでも接近でき、生まれながらにして備わっているものであるかのようにおもえていた。異なった言語空間におかれてはじめて、そこに容易に接近を許さない高い障壁が立ちはだかっていることを知った。彼にとって、それは「驚愕」の事実だった。そしてその驚愕の体験が、言語というものの複雑さと謎をさぐる探索へと導いた。言語はただたんにコミュニケーションの手段ではなく、言語をつうじて人は自分の人格や、思考や、願望や、夢や、内的世界を形成するのである。

フランソワ・チェンはとくに「遅い年齢で」、母語からきわめて遠いもうひとつの言語を学ぶことの「冒険」について語っている。彼のいう「学ぶ」とは、その言語を使って会話をしたり、何冊かの本を読んだり、旅をするといったたぐいのものではなく、「ほんとうに学ぶ」こと、つまり、その言語が自分の血肉となり、生存と創造の武器になるほどに習得することを意味する。たしかに、それは間違いなく冒険だっただろう。事実、『ティエンイの物語』は外国人がフランス語で書いた作品ではなく、あくまでもフランス文学である。

二〇〇二年、フランソワ・チェンはアカデミー・フランセーズの会員に選出された。一六三五年に設立されたフランス最古のアカデミーにおいて、はじめてアジア出身の会員が誕生したのである。

フランソワ・チェンにとって、ふたつの言語のはざまで引き裂かれ葛藤した長い期間があったことは想像に難くないが、現時点において彼は母語と「縁組した言葉」とをどのようにみているのだろうか？

「わたしの創作の大部分をなしているのは詩です。はじめのころは、フランスの詩的言語に入り込むのは容易なことではなく、フランス語で詩を書くのは困難でした。けれど、そのためにどれほどの時間をかけたかを考えてください。時がたつにつれて、その困難さ自体がわたしの想像の世界へと感受性をはぐくむようになりました。そうなるまでに二十年から三十年の年月が必要でした。わたしは当初から詩を書いていました。ずっと書きつづけていました。しかし、フランス語の詩集を出版しはじめたとき、フランスに来てから四十年の年月が過ぎていたのです。

わたしの詩の主なものはガリマール社の詩の選集（フランスの詩の傑作中の傑作が収められているという定評がある選集）に入りましたが、それは一九九九年のことです。わたしがフランスに来てから五十年後です。

中国語で形成されていたわたしの詩的想像の世界を、フランス語で表現するのは並大抵のことではありませんでした。けれど、わたしはただたんに言語をかえたのではありません。フランス語はわたしの想像界そのものをかえ、別のものにしました。異なったもの、他のものです」

「小説やエッセイのような散文については、また事情が異なってきます。フランス語、そしてそれを具現しているフランス文学は、より大きな利点をわたしにもたらしました。フランス語はすぐれて分析的資質を有しているので、そのおかげで、小説家は人間の魂の分析や洞察や把握において、はるかに深く踏み込んでゆくことができます。中国語ではかならずしもそうはゆかない。中国にくらべると、日本人はさまざまな人物の性格について、より鋭い分析をすることに成功していると思います。

文化大革命の後、中国はふたたび西洋の文学と接しはじめました。おかげで、分析力を磨くことができるようになりました。

中国は伝統的に偉大な詩人を生み出してきました。けれど、古典的小説に関しては、『紅楼夢』を除けば、人物像がかなり型にはまっていて、古典劇に登場する類型的な人物の枠を出ていない。これに対して、日本の一女性によって書かれた『源氏物語』は、異なった多様な人物像の描写においてかなり深く掘りさげています」

フランソワ・チェンは「対話」という言葉を好んで用いる。「縁組した言葉」を創作の言葉として選択したといっても、母語が失われてしまったわけではない。それはいわば「黙字」のように、内的対話者として存在しつづけ、彼の想像の世界をはぐくんでいる。彼にとって対話とは自己の内部における対話でもあり、異なる文化間の対話でもある。そうした対話とは何をもたらすものなのだろうか。

「ひとつ大切なことを言いたい。わたしはフランスの作家になりましたが、それはたんに別の言語を採用したということにとどまりません。言語とはただの道具ではありません。

このことを理解していただくために日本を例にとります。日本はわたしたちに先んじて西洋との大規模な対話にのりだしました。中国は西洋と真正面から向き合って対話することに、常にブレーキをかけつづけてきました。

対話、とわたしは言いました。対話とは長期にわたる息の長い試みです。たんなるテクニカルな借用ではありません。社会ぜんたいを巻きこみ、人間の運命にかかわる根本的な問題のすべてにわたる、ほんとうに深い意味での対話です。

わたしは、フランス語の専門家やフランス文学の専門家になるかわりに、自分自身のなかで真の内的変化を遂げました。わたしは研究者でも大学教師でもなく、創り手です。

そうした変化をなしうるための唯一の可能な方法は、他者の言語のなかに完全に入りこむことです。ギリシアとキリスト教の伝統と文明を継承したその他者の言語、その他者の文化に完全に入り込むことです。その伝統と文化は、それに含まれる欠陥にもかかわらず、人類のおどろくべき冒険であり、無視することはできません。

中国は歴史においてインドやイスラムと対話しました。十九世紀、二十世紀から、西洋との対話がはじまりましたが、この点では、日本は中国に先んじていました。とはいえ、日本もまた中国と同じように、対話にともなう問題をのりこえたわけではありません。もういちどくり返しますが、対話とは長期におよぶものだからです。仏教が中国に浸透するのに、数世紀を要しました。ですから、中国にとっても日本にとっても、西洋との対話はあいかわらず非常に重要であることにはかわりありません」

「西洋で生きてゆくなかで、わたしは変化を遂げた人間になりましたが、奥深いところではあくまでも中国人です。わたしの想像の世界をつちかったのは、中国の地です。けれど、自分の深奥にある中国そのものが変化を遂げ、他のものになりました。わたしが西洋において受けとったあらゆるものが、わたしを変え、一段のぼることを可能にし、そうすることを強いました。おかげで、わたしはものごとに対して距離をおくことを知りました。というのも、フランス語は距離をおくことに秀でた言語だからです。英語はより中国語に近い。中国語は英語と同じ語順で表現できます。けれど、フランス語で表現するには、再構成が必要になります。コレージュ・ド・フランスの英国人教授、マイケル・エドワーズが指摘した例をあげましょう。川に落ちた人が、泳いで岸に戻ったとしましょう。英語ではこう言います。

He swam back to the shore

中国語でも同じ語順で同じ言い方をすることができます。けれどフランス語では同じ言い方はできません。

Il regagna la rive à la nage

このフランス語の文章はまったく異なった視点をもっている。泳ぎ（nage）は名詞なので、より抽象的な概念になっています。この人はすでに岸に到達してしまっています。

フランス語をつうじて、わたしは距離をおいてものごとを見つめ、考えることを知りました。一種の思考における変革です。

中国語だけで書きつづけていたとすれば、わたしは感覚や感情の表現にとどまっていて、人物像をえがきだす資質については、それほどの可能性をもちえなかったでしょう。

わたしは高齢で作家になった人間です。若い作家にとってなら、情熱や感情をえがきだすことはもっと大切でしょう」

「プルーストと同じように、真の生とは、いま生きつつある生ではなく、思考によって再び生き、言葉の力によって書きあらわされた生であると、わたしは思います。

言葉は、ただたんに実際に経験したことを文字で綴るためにあるのではなく、探索の手段です。ほんとうに語るためには、自分自身の思考をこえなければならない。文学は体験したことのルポルタージュではありません。フロベールやゾラは写実的とよく言われていますが、事実をそのまま書いているわけではありません。それは、事実の再構築による創造であり、言葉の力でおこなわれた探索なのです。小説を書くことは、人間の運命の謎について問うことであり、ただたんに事実を述べることではありません。

わたしの言葉との関わりですが、わたしはただ言葉を変えただけではありません。わたしは西洋で生活し、他の言葉で書くという恩恵にあずかりました。だから、それでもって何かをしなければならない、何かに貢献しなければならない。たんに専門家になるのではなく、他の仕方で考え、他の仕方で存在しうる人間にならなければならないのです」

「わたしがルーブル美術館の作品を批評するとき、西洋の作品をアジア人の感受性でもって見ています。けれど、そのアジア人の感受性は、変化を遂げたアジア人の感受性です。中国の絵画を、その逆です。わたしは西洋を知らない中国人とは異なった目で見ています。しかし、それは喪失ではありません。変化を遂げた目をもってすれば、いっそう深く中国の作品の傑出した面に入ってゆけるのです。自分のこの立場を活かしたいと思っています。わたしはあくまでも中国人でありながら、他の人間なのです。かぎりなく自分であり、かぎりなく他者なのです。

中国の歴史は、深い淵です。それを美化しようという気持はありません。刷新が必要です。変革が必要です。そうでなければ、危険なものになるでしょう。わたしは『ティエンイの物語』のなかで南京大虐殺についてふれていますが、そういったものを日本人のせいにしたことは一度もありません。小説を読んでくだされば分かると思いますが、人類ぜんたいに起因するものとして描いています。

同じように、中国や日本が西洋と対話することは、わたしたちだけに関わることではなく、人類ぜんたいにとって有益なことなのです」

訳者あとがき

本書は、三つの部分からなる。

フランソワ・チェンのふたつの作品、小説『さまよう魂がめぐりあうとき』（*QUAND REVIENNENT LES ÂMES ERRANTES*, 2012）、エッセイ『ディアローグ（対話）――フランス語への情熱』（*LE DIALOGUE: Une passion pour la langue française*, 2002）、さらにそれに、辻由美のフランソワ・チェンへのインタビュー「縁組した言葉で作家になること――フランソワ・チェンに訊く」（月刊『みすず』二〇一二年四月号に掲載）を添えたものである。

『さまよう魂がめぐりあうとき』は、日本でもよく知られている秦《しん》の始皇帝暗殺未遂（紀元前三世紀）を題材としている。三人の人物（春娘《しゅんじょう》、荊軻《けいか》、高漸離《こうぜんり》）のモノローグと合唱とで構成され、五幕よりなる。といっても、いわゆる戯曲ではない。西洋の古代劇の形式にのっとって描かれた小説だ。いってみれば、中国の史実を素材とするフランス文学である。

人間の命と運命を問い続けるフランソワ・チェンの、この熱のこもった作品は、多くの読者の共感を得、文芸評論家たちの注目をあびた。『ル・モンド』紙のインタビューに答えて、フランソワ・チェンはこう語る。「西洋はとくに愛の熱情をうたいあげてきた、中国の文人たちは友情を至高の地位にひきあげた。われわれの時代には、愛と友情との矛盾と関連性、両者が互いに糧をあたえ合い、そして、おそらくは高め合えるあり方について、考察することが重要になってきたようにおもえます。……死とは宿命的瞬間に振り落とされる刃のようなものではない。死はわれわれの存在と密接にむすびついて、逆説的にも、生じることすべてに価値をあたえている。だからこそ、この本の物語は悲劇的ではあっても、悲惨ではないのです……」。

『ディアローグ（対話）――フランス語への情熱』には、フランスに亡命者として生きることを余儀なくされたチェンが、言語の障壁との格闘をつうじて到達した考察が語られている。異なる言語と言語の対話、文化と文化の対話である。個々の文字が意味をもち、独立している表意文字（漢字）の世界で人間形成をしたチェンにとって、表音文字であらわされるフランス語をほんとうに自分のものにするのは、至難のわざだった。「フランスに来てきてから少なくとも二十年間、わたしの生活を刻みつけたのは、矛盾と分裂にみちた激しい奮闘だった」、彼はそう語る。長い逡巡を経て、チェンは創作の言語としてフランス語を選んだ。だが、母語である中国語を失ったわけではない。「母語はいわば弱音化されて、忠実にして密かな話し相手となった」。対話というテーマは、フランソワ・チェンが身をもって生きた現実を基盤にしている。「理想論」をはるかにこえた「内的叫び」を感じさせてくれるだけに、説得力がある。

「縁組した言葉で作家になること――フランスワ・チェンに訊く」は、二〇一一年、パリのチェン宅でわたしがおこなったインタビューである。『ティエンイの物語』（辻由美訳、みすず書房）が刊行された直後のことだった。ヨーロッパと中国を舞台にし、日中戦争から文化大革命にかけての波乱の時代を生きた人物を主人公にした大作で、フェミナ賞を受賞している。開口一番、『ティエンイの物語』の原題（le dit de Tianyi）が、源氏物語の仏訳（Le dit de Genji）から着想を得たものだと聞かされて、わたしは少なからず驚いた。インタビューのテーマはここでも、「対話」と「言語」だった。「わたしはフランス語の専門家やフランス文学の専門家になるかわりに、自分自身のなかで真の内的変化を遂げました。わたしは研究者でも大学教師でもなく、創り手です」という彼の言葉がとくに印象に残った。

＊

フランソワ・チェンは、現代フランス文学の代表的作家のひとりである。小説、随筆、詩、書道、美術評論、翻訳、その活動領域はきわめて幅広く、フランスの文壇で特異な位置をしめている。二〇〇二年、アカデミー・フランセーズの会員に選出された。アジア人初のアカデミー会員の誕生である。

フランソワ・チェンは、一九二九年、中国江西省の南昌において文人の家庭に生まれた。出生時の名は、程抱一《チョン・パオイー》。日中戦争の戦火を逃れて移り住んだ四川省で、少年時代の大半を過ごした。彼の詩の着想の原点をなしているのは、四川省の美しい自然である。自己を表現したいという欲求ははやくから芽生えていたが、文学というものを発見したのは十五歳のときで、中国文学とともに、当時翻訳されはじめたフランスやロシアやイギリスの文学を夢中になって読んだ。

日中戦争が終結するや、中国は内戦に突入し、そのまっただなかにあった一九四八年、ユネスコの奨学金を得て、フランスに留学した。フランス語はひとことも知らなかった。

一九四九年中華人民共和国が成立し、その後、中国で知識人や芸術家が迫害されていることを知るに及んで、フランソワ・チェンは亡命者としてフランスにとどまる決心をする。奨学金の期限は切れ、資格も定職ももたない赤貧の生活がつづいたが、そんななかで、中国語での詩作と、フランスの詩の中国語訳にうちこんだ。中国研究者ポール・ドゥミエヴィルとの出会いが、フランスの知識人たちとの接触の最初のきっかけとなった。ちなみに、現在フランスの中国研究の第一線で活躍しているアンヌ・チャンは、フランソワ・チェンの娘であり、その大著『中国思想史』は日本語にも翻訳されている(志野好伸・中島隆博・廣瀬玲子訳、知泉書館)。

その後フランソワ・チェンは、ロラン・バルト、ジュリア・クリステヴァをはじめとする人たちと交わることになるが、彼のもっとも緊密な対話者となったのは、ジャック・ラカンであった。ラカンは中国語を知っていて、中国思想について突っ込んだ議論のできる相手を必要としていた。このため、チェンとラカンとの協力関係は、ラカンからの要請ではじまった。チェンはこのことについて長いあいだほとんど語らなかった。「気恥ずかしさ」もあったが、彼自身がラカンから受けた影響が非常に深いものだったため、口にすることができなかったのだという。

『ラーヌ』誌(一九九一年、十月—十二月号)のインタビューに応じて、フランソワ・チェンはラカンとの協力関係についてかなり詳しく語っている。ラカンが、これといった形式をもたないかたちで定期的に議論したいと提案してきたのは、一九六九年のことだったという。チェンは四十代、ラカンは六十代。週に一度会うことにした。だが、ラカンは時間の感覚をなくすほど熱中するたちで、ときには、早朝、または深夜に「いますぐ、きてくれますか」と電話してくることもあり、朝九時以前、夜十時半以降は電話しないでほしいと念をおさなければならなかった。ラカンは「現代において、もっとも集中力があり、もっとも開かれた精神の持ち主でした」とチェンは回想する。

中国語の作品を長時間にわたって検討する場合と、中国思想のある側面に関して議論する場合とがあった。ラカンが指定した作品は『老子道徳教』、『孟子』、石濤の絵画だった。中国語にかんしては、チェンはラカンの教師だったが、チェンがラカンから学んだのは「問いを発する」ことだった。ラカンと議論していると、「足もとの地面が崩れて落ちるおもいがした」とチェンは語る。

ラカンとの対話は一九七三年までつづいたが、チェンがはじめのフランス語の著作に着手したときに中断することになった。ラカンとの時間はきわめて濃密で、くたくたになるほどエネルギーを要するものだったので、執筆と両立させることは到底不可能だったからだ。その後、一九七七年から一九七八年にかけて、不定期なかたちでラカンとの話し合いを再開した。最後に会ったとき、ラカンはチェンにこう言ったという。「あなたは亡命によって人生において数々の断絶に遭遇した。過去との断絶、あなたの文化との断絶。あなたはきっと、それらの断絶を、あなたの現在とあなたの過去を、西洋と東洋をつなぐ「沖気」に変えることができるでしょう……」。フランソワ・チェンの作品はまさしくそれを証明していると言えるのではないだろうか。

*

本書を翻訳する過程で、訳者の質問に対して、暖かい励ましの言葉を添えて、懇切丁寧に答えてくださったフランソワ・チェン氏、そして、企画の段階から訳出の過程をつうじて、またとない「対話者」となってくださった、みすず書房編集部の尾方邦雄氏に心からお礼申しあげます。

二〇一三年四月

辻 由美

著者略歴

(François Cheng)

程抱一．フランスの作家・詩人・書家．1929年，中国江西省南昌に生まれる．南京大学で学業を修めた後，1948年，渡仏．1960年代からパリ東洋語学校で教えるかたわら，フランス詩の中国語訳，中国詩のフランス語訳をおこなう．1977年，『中国の詩的言語』により，フランスの読書界に現れる．以降，詩集のほか，詩論，書論，画論など著書多数があり，多くの言語に翻訳されている．初めての小説である『ティエンイの物語』は高く評価され，フェミナ賞を受けた．2001年，アカデミー・フランセーズよりフランス語圏大賞を受け，2002年，アジア人として初のアカデミー・フランセーズ会員に選出されている．

訳者略歴

辻由美〈つじ・ゆみ〉翻訳家・作家．著書『翻訳史のプロムナード』(1993，みすず書房)『世界の翻訳家たち』(1995，新評論，日本エッセイストクラブ賞)『カルト教団太陽寺院事件』(1998，みすず書房)『図書館で遊ぼう』(1999，講談社現代新書)『若き祖父と老いた孫の物語——東京・ストラスブール・マルセイユ』(2002，新評論)『火の女シャトレ侯爵夫人——18世紀フランス，希代の科学者の生涯』(2004，新評論)『街のサンドイッチマン——作詞家宮川哲夫の夢』(2005，筑摩書房)『読書教育』(2008，みすず書房) ほか．訳書 ジャコブ『内なる肖像』(1989，みすず書房) ヴァカン『メアリ・シェリーとフランケンシュタイン』(1991，パピルス) メイエール『中国女性の歴史』(1995，白水社) ジェルマン『マグヌス』(2006，みすず書房) ポンタリス『彼女たち』(2008) アラミシェル『フランスの公共図書館 60のアニマシオン』(2010，教育史料出版会)，チェン『ティエンイの物語』(2011，みすず書房) ほか．

フランソワ・チェン
さまよう魂がめぐりあうとき
辻 由美訳

2013年 5月10日 印刷
2013年 5月20日 発行

発行所 株式会社 みすず書房
〒113-0033 東京都文京区本郷5丁目32-21
電話 03-3814-0131(営業) 03-3815-9181(編集)
http://www.msz.co.jp

本文組版 キャップス
本文印刷所 精興社
扉・表紙・カバー印刷所 リヒトプランニング
製本所 青木製本所

ISBN 978-4-622-07745-9
[さまようたましいがめぐりあうとき]
落丁・乱丁本はお取替えいたします